FOLIO POLICIER

Frédéric H. Fajardie

# Clause de style

Denoël

*A Michel, Andrée et Françoise Renaud.*

# 1

— Police. Habille-toi, on sort.

L'homme, d'abord stupéfait, se ressaisit rapidement et répondit :

— Vous plaisantez ?

— Jamais avec les ordures de ton espèce.

L'homme s'appelait Bernard Zelleim. La totalité des milieux policier, judiciaire, journalistique et politique tenaient pour acquis qu'il contrôlait la quasi-totalité du marché de la drogue.

Le ton devint très sec :

— Je présume que vous avez un mandat ? Et puis, tant que vous y êtes, présentez-moi vos cartes de réquisition.

Les deux flics sourirent. Un sourire dur.

— Rien de plus facile, ordure.

Le plus âgé des deux flics s'appelait Roger Scatti. Commissaire principal, il devait partir à la retraite trois mois plus tard.

Il sorti un Webley 455, calibre 11,43, dont il pointa le canon vers la poitrine de Zelleim qui balbutia :

— Ecoutez... Si vous souhaitez une coopération, il... Il n'est pas nécessaire de...

L'autre flic, un homme d'une trentaine d'années, s'appelait Nicolas Spiero. Grand, la trentaine, il semblait devoir culminer au grade d'inspecteur depuis huit ans.

Pour sa part, il dégaina lentement de son holster de hanche un revolver Colt Trooper 357 magnum et le tendit devant lui avec la détermination d'un amoureux offrant un bouquet de fleurs à sa petite amie.

La totalité de la scène n'avait pas excédé quarante-cinq secondes. Le temps, pour Zelleim, de comprendre qu'il s'agissait de quelque chose d'inhabituel.

C'est à peu près à cet instant qu'il vit son garde du corps entrer dans la pièce.

L'homme, entièrement nu, avançait d'un pas lent, mains sur la tête, suivi par un troisième flic armé d'un étrange fusil.

Ce flic s'appelait Ernest Latueva. Tant par l'âge que par sa taille, assez petite, il ressemblait davantage au commissaire Scatti qu'à l'inspecteur Spiero. Inspecteur divisionnaire depuis deux ans, son grade lui était totalement indifférent. Comme les deux autres, il avait voué sa vie à un projet qui l'engageait vis-à-vis de l'Histoire.

Scatti jeta un regard inexpressif au garde du corps :

— Va te coller contre le mur du fond.

L'homme avisa la trentaine de mètres qui le séparaient du fond de l'immense salon richement meublé et décoré.

Son front touchait le mur lorsqu'un quatrième

flic entra. Vingt-trois ans, grand, blond, les yeux verts, il était commissaire stagiaire pour quelque temps encore et s'appelait Robert Lutz.

Ignorant Zelleim, il s'adressa à Scatti.

— J'ai amené les sacs poubelles, patron.

L'autre, qui souriait, les yeux dans le vague, ne répondit pas.

Un instant désemparé, Lutz insista :

— Pour le pillage, patron. Les sacs...

Scatti s'ébroua et sourit :

— Ah ! mon petit Lutz ! Excusez-moi, mais c'est le plus beau jour de ma vie. Les sacs ?

— Patron, le pillage pour baiser les héritiers...

— Les sacs, oui, bien sûr ! Latueva ira les foutre dans la Seine. Mais... Tu as l'engin ?

— Le... ? Oui, patron.

Lutz ouvrit le sac kaki qu'il portait en bandoulière et tendit un cylindre à Scatti.

Il s'agissait, en fait, d'un pistolet à cyanure. Arme d'un fonctionnement assez simple : une fois ôtée la goupille de détente, le percuteur frappe une amorce. L'explosion de la poudre libère un piston qui écrase l'ampoule d'acide cyanhydrique et projette de fines gouttelettes sur l'objectif.

Scatti marcha droit sur le garde du corps et lui tira en plein visage. L'effet fut immédiat : l'homme perdit connaissance et entra dans le coma.

Le commissaire considéra froidement le corps étendu à ses pieds et revint vers Zelleim qui, livide, tomba à genoux.

— Je vous en supplie, commissaire ! Je vous en supplie ! J'allais retirer mes billes : c'est fini !

Scatti fit signe à ses hommes qui, aussitôt, se mirent en mouvement, fracturant les vitrines, brisant ce qui pouvait être brisé, lacérant les toiles, brûlant les timbres rares. Quant aux objets incassables ou constitués de matières précieuses — or, argent, diamants —, ils étaient jetés au fond de petits sacs poubelles.

Scatti sourit.

— Je ne pensais pas, ordure, que tu m'offrirais le plaisir de te voir à mes pieds.

Il sortit une barre de chewing-gum, ôta lentement le papier d'argent qu'il glissa dans sa poche et reprit :

— Tu vois, tu es le très provisoire témoin d'un fait sans précédent dans ce pays : la police vient de se libérer de toute contrainte. Maintenant, nous dératisons. Finis les prétoires, la magistrature gauchiste, les témoins vulnérables, les jurés impressionnables, les avocats vedettes, les sociologues pourris et les experts psychiatres marrons. C'est le grand nettoyage, Zelleim, comme en Argentine. Et tu as l'honneur d'être le premier.

Il se tut brusquement, avisa ses hommes chargés d'armes et de butin qui l'attendaient et ordonna :

— Dehors ! Zelleim, tu marches en tête.

Cette rue tranquille de Neuilly-sur-Seine n'avait pas été troublée par l'arrivée au demeurant fort discrète des deux voitures de police qui stationnaient, tous feux éteints, depuis une dizaine de minutes.

Zelleim sortit le premier, toujours vêtu d'un pyjama de soie à col et parements de cachemire.

Son cerveau paniqué lui donnait des ordres contradictoires. Obéir, c'était la mort. Oui, mais dans quelques minutes. Peut-être même dans une heure ou deux.

Fuir dans la nuit en spéculant sur l'éclairage public assez faible semblait la seule solution de rechange mais l'idée des balles déchirant ses chairs lui coupait les jambes.

Inexplicablement, il retrouva un peu de cet allant qui, trente ans plus tôt, avait permis sa formidable ascension.

Sans être foudroyant, son départ fut honorable.

Foulée après foulée, l'espoir de s'en tirer s'affirmait.

Dix mètres, cinquante, cent...

Ces putains de flics allaient le payer cher !

Tous les quatre. Il les traînerait aux assises. Il claquerait un milliard si nécessaire.

Cent cinquante mètres...

Rien. Les marronniers sentaient bon. Il se souvint fugitivement de ceux de sa cour d'école communale. Le préau, les pissotières, la dello et ces foutus marronniers avec, au printemps, leurs thyrses blancs semblables à des cônes fleuris.

Deux cents mètres...

Ils s'étaient dégonflés. Normal ! Zelleim, tout de même, c'est un gros morceau. Un homme qui négocie avec la Mafia et sous-traite avec les puissants seigneurs de la guerre du Sud-Est asiatique.

Deux cent cinquante mètres...

Enfoirés de flics ! Déballonnés comme des foireux ! Tu penses !

Pourtant...

Cette idée, LEUR idée : cela l'avait traversé plus d'une fois. C'était même sa principale vision de cauchemar, sa conception personnelle de l'apocalypse. Une idée à peine utopique : que ces crétins de flics s'organisent clandestinement et c'était foutu ! Ils pouvaient lessiver qui ils voulaient. Sans preuves. Les preuves, c'est eux qui allaient les recueillir. Sans témoins : c'est eux qui les interrogeaient.

Trois cents mètres...

Gagné ! Même avec une lunette infrarouge, ça devenait impossible compte tenu des zigzags qu'il opérait entre les arbres bordant la rue.

Il se détendit et grimaça un sourire : ils n'avaient pas l'air con, les trois flics, là, sur le perron, le voyant cavaler sans oser tirer.

Immédiatement, quelque chose le contraria.

Trois flics ?

Trois cent cinquante mètres.

Trois flics !

Il en manquait un ! Oui ! Celui qui avait l'étrange fusil. Bordel de bordel, où était-il, celui-là ?

L'inspecteur divisionnaire Ernest Latueva attendait placidement, son étrange fusil bien en main, le déboulé prévu de Zelleim qui, terrorisé, s'immobilisa à une dizaine de mètres.

Latueva sourit.

— Un autre, qui s'appelait Edgar Allan Poe, a

écrit une nouvelle là-dessus : *La torture par l'espérance.* A lire exclusivement en langue anglaise.

Il se pencha légèrement de côté pour regarder le canon de son arme et expliqua très gentiment :

— Je ne veux pas vous assommer avec des détails techniques, encore qu'ils aient leur importance.. Il s'agit d'un fusil de chasse de marque italienne, calibre 16 à canon scié. Comme vous pouvez le constater, c'est un bipied. Très pratique pour le tir à 45 degrés puisque la crosse forme trépied. On glisse une cartouche vide... Vous me suivez ?

Latueva eut un mauvais sourire.

— Oui, alors le projectile heurte un amortisseur en caoutchouc, là, juste sous cette bouteille d'essence.

Le flic observa les arbres d'un air admiratif.

— Quelle nuit magnifique ! J'adore le mois d'avril ! Un petit souffle de vent, l'idée de couples en sueur faisant l'amour dans des lits défaits, du givre sucré sur le bord d'un verre contenant un cocktail : la vie est belle ! Vous avez tort de nous quitter déjà, monsieur Zelleim.

Latueva braqua son fusil en tir tendu. Ses yeux s'agrandirent, le ton changea et devint saccadé :

— L'essence ! Pschhh ! Il faut vous brûler, hein ? A cause de la contagion, les miasmes empoisonnés, les microbes, vos germes corrompus, hein ?

Puis, se ressaisissant brusquement :

— Adieu, ordure !

Zelleim n'eut même pas le temps de voir la bouteille d'essence lui éclater en pleine poitrine.

Sa silhouette illuminée de flammes jaune orangé se cassa brutalement dans la douceur du soir.

# 2

Cinq heures s'étaient écoulées depuis le meurtre de Zelleim.

La température avait considérablement fraîchi. Presque une nuit froide, comme soulignée par un vent glacé qui semblait traverser la ville de part en part, hésiter, puis revenir et ainsi de suite pareillement.

Albert Luschentini remonta le col de son pardessus et descendit rapidement les marches conduisant au parking.

Agé de soixante-cinq ans, décoré, il était conseiller municipal de son village natal et membre d'un grand parti politique du centre droit actuellement dans une opposition problématique.

Mais Luschentini ne s'en inquiétait pas. En fait, rien ne l'inquiétait. Les affaires marchaient toutes seules. La concurrence écrasée dix ans plus tôt au terme d'une guerre de gangs navrante mais nécessaire, il contrôlait aujourd'hui la totalité des cercles de jeux de la capitale.

Luschentini constituait une sorte d'exception dans sa génération. Peu de truands de son âge, en effet, pouvaient se prévaloir d'études secondaires assez brillantes sanctionnées par le bac. De même, un plus petit nombre encore était en mesure de faire état d'actes de résistance puis d'un engagement dans l'armée car le milieu, comme le centre, c'est généralement l'extrême droite.

Luschentini pensait précisément à ses années de guerre tandis qu'il marchait vers sa Jaguar. Sans doute raisonnait-il par analogie : la tiédeur des derniers jours amplifiait les effets de la fraîcheur actuelle lui rappelant, quarante ans plus tôt, la neige des Vosges et le trou d'homme où il était resté tapi pendant trente-six heures en observant à travers le brouillard les fleurs de givre sur un arbre décapité.

Toujours pensif, il déverrouilla la serrure de la portière, s'installa au volant et, comme chaque fois, baissa la vitre afin de chasser l'odeur de cigare refroidi.

Il reconnut immédiatement le fusil pointé sur sa poitrine. Une arme efficace, très employée par la police antiémeute aux Etats-Unis.

Mais, voyant la carte de police barrée de tricolore qu'une main velue lui présentait, il s'étonna que les flics français disposent de fusils Riot Gun Smith et Wesson.

— Tes mains bien serrées sur le volant !

Luschentini s'exécuta sans vaines discussions, l'esprit occupé à refouler des questions actuellement sans réponses : Qui ? Comment ? Pourquoi ?

Il risqua un coup d'œil en profondeur mais, immédiatement, le canon du Riot Gun lui heurta douloureusement la tempe tandis qu'une voix aimable lui disait :

— Cherche pas ! Je m'appelle Robert Lutz et je suis flic. On ne se connaît pas.

L'homme qui avait tendu sa carte intervint :

— T'as visiblement pas eu le temps de lire mon nom, Luschentini. Alors écoute bien : Mallèze, commissaire principal Mallèze, police des jeux. Tu y es ?

— Non, il n'y est pas. C'est con, ça, parce que, dans une minute, il ne sera plus nulle part, répondit Lutz.

Mallèze sourit dans la semi-obscurité.

— C'est drôle, la vie. T'as cassé ma carrière Luschentini. Tes amis politiques m'ont mis sur une voie de garage. Et maintenant que je t'ai à ma pogne, je vais laisser mon jeune collègue faire le travail. Marrant, non ?

— Même que les asticots s'impatientent ! ajouta Lutz.

Luschentini n'avait retenu qu'une idée. Une idée dont dépendait tout son avenir. Habitué au jeu, il misa tout le paquet :

— Cinq cents bâtons chacun. Davantage, ça apparaîtrait dans ma comptabilité.

Lutz, visiblement amusé, répondit d'un ton uni. Le propos était amphibologique, à dessein.

— Taratata ! La saison se termine : fermeture définitive.

Et, n'attendant pas de réponse, il tira à six reprises.

# 3

Séquestré dans une voiture de police, un sparadrap industriel sur la bouche, menotté aux poignets et aux chevilles, le canon d'un G.P. 35 Herstal 9 mm dans les reins, Achille Bessoni avait le sentiment de ne plus comprendre le monde qui l'environnait.

Pourtant, à soixante et onze ans, il avait conservé, quoique amoindries, des perceptions particulièrement fines qui lui permettaient de trôner au top niveau des proxénètes.

Il prétendait souvent ne pas connaître le chiffre exact de ce qu'il appelait son « cheptel », et ce n'était pas faux puisqu'il avait intensifié l'import-export au point de ne plus le contrôler.

C'est également lui qui avait structuré et développé la prostitution hôtelière, notamment dans la vallée du Rhône.

Le premier, encore, il avait compris au terme d'une étrange analyse articulée sur la revendication féministe tout le profit qu'on pouvait tirer des travestis.

C'est aux Italo-Américains qu'il avait emprunté l'idée, quelque vingt ans plus tôt, de fournir ses gagneuses en drogue de sorte qu'elles demeurent *in aeternum* sous la coupe de son organisation.

Esprit curieux et novateur, il développait actuellement la prostitution enfantine et particulièrement la tranche d'âge dix-douze ans. Déjà, une centaine de clients fortunés ou connus pouvaient être approvisionnés en chair fraîche et jeune en moins d'une heure et sur un simple appel téléphonique.

Il ne s'embarrassait pas de morale. La campagne débile des néo-libertins sur les amours entre adultes et enfants — mais le propre des cons n'est-il pas de manier la nitro comme s'il s'agissait d'un tube d'aspirine ? — l'avait bien épaulé dans sa nouvelle ambition.

Le monde n'avait été pour lui que découverte. Une sorte de match au finish : trouver le premier ce qui pouvait devenir opérationnel et rentable.

Cette fois-ci, pourtant, Achille Bessoni ne comprenait pas.

Pis : il ne voulait pas comprendre. Tout cela était sans précédent, sans aucun référent possible : son Oldsmobile coincée par la patrouilleuse, les trois gardes du corps, sans méfiance, alignés contre la carrosserie et abattus au pistolet mitrailleur ; non, cela n'avait pas de sens.

Il aurait aimé croire à un gang ambitieux, des jeunes cons capables mais crédules qu'il aurait su acheter ou circonvenir.

Seulement...

Seulement, il avait reconnu Roger Scatti, un principal fanatique qui, disait-on, allait à la messe chaque dimanche. Et puis Jacques Loermel, un commissaire des mœurs teigneux qu'il avait réussi à faire muter à la brigade financière.

Quant aux deux autres, il ne les connaissait pas mais leur allure sans équivoque inscrivait leur raison sociale à la vitesse d'un téléscripteur : flics.

Bessoni avait été installé à l'arrière, entre Lutz, qui lui enfonçait hargneusement le canon de son arme dans les reins et le commissaire Loermel.

Au volant, l'inspecteur Spiero conduisait avec attention. Assis à ses côtés, Scatti mâchait d'un air morne un chewing-gum parfumé au Coca-Cola.

La voiture grimpait en suivant un axe nord-nord-est, très au-delà, maintenant, de la grande banlieue, progressant sur des routes de moins en moins larges et de plus en plus sinueuses vers une région pauvre et inhospitalière ou, plus exactement, inhospitalière parce que pauvre.

Les maisons de briques rouges et de parpaings se succédaient de loin en loin offrant aux regards la vision de leurs toits de tôle ondulée attaquée par la corrosion et la rouille.

Flaques d'eau, ornières, détritus, herbes d'un jaune pisseux, carcasses de véhicules et usines abandonnées constituaient l'essentiel d'un paysage comme on l'imagine au lendemain d'une guerre.

Mais l'aube froide et la transparence de l'air sec et piquant commençaient à aviver les couleurs.

La patrouilleuse longea un canal, ralentit devant ce qui semblait être une ancienne bourse de batellerie et dépassa une tréfilerie écroulée, pour finalement pénétrer dans la cour d'une vaste usine.

Après avoir ôté les menottes qui enserraient les chevilles du prisonnier, les passagers descendirent sans hâte et le petit groupe s'engagea dans un grand hall.

La lumière arrivait directement d'un trou béant là où l'immense verrière s'était effondrée d'un bloc.

La bouche sèche sous son bâillon, Bessoni jeta un regard paniqué en direction des chaudières multitubulaires et d'un convertisseur géant — d'un modèle ancien — qui datait l'aciérie : mise en service avant 1914, abandon dans les années 40.

C'est à cet instant qu'il reçut un magistral coup de pied au derrière.

Se relevant péniblement, il vit Lutz qui, d'un mouvement de menton, lui ordonnait d'avancer.

Cette marche semblait n'avoir aucun but : les ponts roulants ne roulaient plus, les escaliers métalliques ne menaient nulle part et le réseau de poutrelles d'acier semblait devoir dégringoler à tout instant. Quant aux énormes crocs qui pendaient au bout de leurs chaînes, nul ne s'y serait fié.

Brusquement, le groupe stoppa devant une table poussiéreuse sur laquelle reposait une paire de tenailles toutes neuves.

Le commissaire Loermel parla le premier selon un rituel qui s'installait au gré des opérations et qui consistait à s'assurer de la présence du service intéressé par le « client » :

— Bessoni, ma femme est morte.

Bessoni secoua violemment la tête, arrachant un pâle sourire au flic :

— Vieux con ! Je ne t'accuse pas de l'avoir mise au turf ! Là, je t'aurais flingué tout seul.

Il se tut, observa le ciel devenu d'un bleu intense à travers le trou béant de la verrière puis, d'un ton las :

— Schématiquement, je voudrais te dire ceci : il est totalement indécent que des gens tels que toi survivent à certains êtres d'exception.

Scatti, d'une pudeur maladive, encaissa mal cette digression d'ordre privé, sinon intime, au milieu de ce qui constituait tout de même l'opération policière du siècle. Mais, d'un autre côté, il avait beaucoup d'estime pour Loermel dont l'intégrité n'avait jamais été mise en doute.

C'est d'un ton glacé qu'il s'adressa à Bessoni :

— Tu es la pire des ordures ! Pervers ! Dépravé ! Nous avons tué des salauds, nous comptons tuer également des gens que nous ne méprisons pas, mais toi ! Toi ! Toi !

Son visage marbré exprimait un tel dégoût que Bessoni, malgré sa peur panique, en fut blessé.

Un long silence s'écoula, et c'est d'une voix sèche mais sans colère que Scatti reprit :

— Je déteste l'aspect vulgaire du spectaculaire mais pour ce qui te concerne, nous ferons une exception. Il te faut un châtiment exemplaire.

Lutz ricana — ce qui horripila Scatti — et

saisit les tenailles d'un geste désinvolte. Puis, marchant droit sur Bessoni qui tremblait de peur :

— Nous allons te traiter comme un roi. Très exactement comme Charles Ier d'Angleterre.

Il se tut et faillit éclater de rire en songeant que Scatti, pour sa part, n'était pas sans points communs avec Cromwell.

Mais cette remarque, il le savait, Scatti ne l'aurait pas supportée.

Ne voulant pas se priver du plaisir que constituaient les yeux horrifiés de Bessoni, il essaya de faire traîner les choses :

— Oui, nous allons te punir par où tu as péché et...

Scatti l'interrompit sans douceur :

— Ne soyez pas si théâtral, Lutz. Faites ça rapidement et fermez-la !

# 4

Le commissaire divisionnaire Eugène Grindel habitait un petit immeuble au coin de la rue Capitaine-Ferber et du boulevard Mortier, à quelques centaines de mètres de la porte de Bagnolet.

Pensif, une tasse de café à la main, il s'approcha de la fenêtre et regarda la circulation encore très fluide.

Une fois de plus, et sans éprouver de sentiment particulier, il constata que le soleil n'atteignait jamais la rue. Au mieux, vers midi, arrivait-il à la hauteur du premier étage.

Au réveil, une vingtaine de minutes plus tôt, les événements récents lui étaient revenus en mémoire assez brutalement.

C'était un homme grand, d'une cinquantaine d'années, aux yeux clairs et au visage sensuel. Sa froideur n'était qu'apparente, dissimulant, en fait, un esprit curieux et anticonformiste.

Pourtant, alors que rien dans son comportement ne le laissait soupçonner, Grindel en avait assez. Assez de la boîte, des malfrats et des flics. Assez, au bout du compte, d'une fonction qu'il n'avait pu subvertir comme il l'avait vaguement espéré vingt ans plus tôt.

Après un soupir à peine audible et peu représentatif de sa lassitude, il laissa retomber le rideau de dentelle et se servit une nouvelle tasse de café qu'il but debout en contemplant sa dernière acquisition.

C'était une toile de Roland Cat où, sur un thème général d'abandon, la modernité, symbolisée par une Volkswagen au capot ouvert, disparaissait sous l'assaut angoissant d'une nature agressive, les champignons géants représentant ce que l'immuable végétation contient de sauvage et de menaçant dès lors que la civilisation baisse les bras.

Cette toile, il l'aimait. Rien, comme elle, ne parvenait à lier si étroitement terreurs et délices.

Il s'arracha difficilement à sa contemplation et, consultant sa montre, alluma un petit transistor posé sur une crédence.

Il avait quelque avance aussi se contraignit-il à s'intéresser à l'émission en cours, quelque chose comme « La semaine de bonté ».

Il lui fallut trente secondes pour craquer et c'est avec véhémence qu'il s'adressa à un fauteuil vide :

— Cher auditeur, je vous instruis aujourd'hui du cas douloureux d'une famille de quatorze hydrocéphales, certains étant par ailleurs manchots ou borgnes et l'autre moitié s'étant noyée dans l'Escaut tandis qu'un autre tiers passait sous un train. Le père, alcoolique, a fui cet enfer ce dont la rédaction ne saurait le blâmer. La mère, elle, tapinait, sans doute dans l'espoir déraisonnable d'agrandir sa collection d'hydrocéphales pourtant très étoffée... Chers auditeurs, il faut envoyer d'urgence 3000 francs à cette famille faute de quoi, privés d'eau potable, plusieurs hydrocéphales claboteraient dans les délais les plus brefs. Cependant, étant donné la scoumoune qui talonne cette famille vouée à la décimation, toute abstention de votre part serait comprise.

Il s'arrêta, un peu essoufflé, pour entendre le carillon des informations qui ne lui apprirent rien de nouveau.

Trente minutes plus tard, il était en route.

Le planton ouvrit la bouche et Grindel eut le sentiment qu'une merguez pourrie lui adressait la parole, ce qui, il le reconnut de bonne grâce, aurait été parfaitement insolite, sinon inquiétant.

— Oui, monsieur le Divisionnaire. M. le Directeur a dit : « le plus tôt possible ».

— Entendu, j'y vais, répondit Grindel qui ajouta : A propos, changez d'huile. Essayez le tournesol.

Il prit toute une série de couloirs mal éclairés et poussiéreux mais, à mi-chemin, tomba en arrêt devant un type menotté à un radiateur. L'homme portait d'étranges vêtements, amples et de couleur acide, qui lui donnaient une allure de clown.

Intrigué, Grindel questionna un bricart d'un air faussement ingénu :

— Qu'a fait ce mauvais sujet, brigadier ?

— Ça, patron ? C'est un fouteur de merde. Vous sentez pas ?

Grindel ferma les paupières une seconde ou deux.

— Soyez plus précis, brigadier, il y a des milliers de façons de foutre la merde.

— Eh bien... Le gars barbouille les murs des waters dans les cafés avec de la merde. Et les gérants se plaignent. En plus, il y a rébellion.

Il se tut un instant et reprit gravement :

— La sienne, d'ailleurs. Sa propre merde.

Grindel hocha la tête d'un air désapprobateur et détailla l'homme, âgé d'une trentaine d'années.

— Pourquoi faites-vous ça ? C'est très sale, vous savez.

L'autre, dont le regard semblait un million de fois plus intelligent que celui du bricart, crut noter une certaine connivence.

— C'est que... J'ai perdu mon pot, monsieur. Un petit pot en plastique bleu avec une frange de canards jaunes.

Grindel hocha la tête d'un air pénétré.

— C'est très fâcheux, en effet, mais je ne peux rien pour vous car je n'ai pas vu de pots répondant à ce signalement.

L'homme menotté au radiateur fit une mimique enfantine et chantonna :

— Je con-nais le vo-leur -eu ! Je con-nais le voleur -eu !

Grindel, prenant l'allure qui sied au flic sur les dents, plissa les paupières, tira nerveusement sur sa cigarette et demanda vivement :

— Qui est-ce ? Qui est ce foutu voleur de pot ?

— C'est le bri-ga-dier -eu ! C'est le bri-ga-dier -eu !

Le brigadier secoua énergiquement la tête.

— Absolument non ! Qu'est-ce que je foutrais d'un pot ?

Grindel considéra longuement ses ongles et répondit d'un air pincé :

— C'est précisément la question que je vous pose, brigadier.

Le flic commençait à s'affoler. Il émit un rire chevrotant :

— Ha ! Ha ! Ha ! Bien sûr, je lui ai piqué ! J'étais jaloux !

Il hésita puis ajouta :

— Oui, tous les collègues du car Police-Secours avaient des pots comme ça avec les canards et tout, alors je me suis dit : Pourquoi pas moi ?

Grindel affecta cet air triste qu'on voit à son directeur de lycée contraint de vous renvoyer de son établissement :

— Alternative diabolique, brigadier : ou vous êtes débile et par conséquent inapte au service, ou vous vous foutez de ma gueule et ce sera la mise à pied.

— Mais, patron... Pas du tout ! C'est lui ! Un professeur de philosophie, en plus, vous vous rendez compte, patron ?

— Suffit ! Ôtez-lui ses menottes et rompez !

Le silence qui suivit ne fut troublé que par le cliquetis du ressort des menottes puis, après un salut impeccable, le brigadier s'éloigna, livide.

Grindel alluma une Craven et tendit le paquet au professeur. L'odeur de ce dernier l'indisposait mais il n'en laissa rien paraître. Il esquissa même un sourire.

— J'ignore vos raisons. Mais vous bénéficiez d'une mesure de grâce exceptionnelle.

— Je recommencerai.

— Je ne serai pas toujours là.

Le professeur aspira une longue bouffée.

— Il s'agit de trois cafés racistes. Ils refusent de servir les Sénégalais qui travaillent à l'usine Decker.

— Il doit exister d'autres moyens que vos badigeonnages, non ?

— Tout le monde s'en fout. Tout le monde me dit qu'il y a mille fois pire : les génocides, les famines, les guerres, la crise. Mais pour ces Africains, le pire, ce sont ces patrons de troquets qui refusent de les servir.

Grindel ébaucha un signe d'acquiescement.

— Vous avez prévu un système de défense ?

Le professeur sourit.

— Dans deux des chiottes de ces cafés, une pancarte explique : *Veuillez laisser ce lieu dans l'état où vous aimeriez le trouver en y entrant. Merci.* Je plaiderai la scatologie et la logique cartésienne. La recommandation est vague, je peux *laisser ce lieu* plein de merde puisque vu mes penchants j'aimerais le trouver ainsi *en y entrant. Merci.*

Grindel hocha la tête.

— Ne prenez pas ces types-là trop à cœur. Souvenez-vous du mot de Lautréamont : « Les poux sont incapables de commettre autant de mal que leur imagination en médite. »

Et, sans ajouter un mot, il se détourna et s'éloigna rapidement, laissant son interlocuteur dans la plus grande incertitude.

## 5

Pas tout à fait convaincu — en fait, il s'en fallait de beaucoup — que Grindel fût l'homme totalement adéquat, le directeur le reçut néanmoins avec bienveillance : larges gestes d'invite, sourires et regards chaleureux.

Puis, lorsqu'ils furent assis l'un en face de l'autre :

— Eh bien, Grindel, vous avez vu « ça » ?

Grindel se contenta de hocher la tête. Un peu décontenancé, le directeur ajouta :

— Le grand patron de la drogue, celui de la prostitution, le caïd des jeux, leurs gardes du corps et chauffeurs, soit sept personnes en tout. L'équivalent, en une nuit, de ce qu'avait réalisé Al Capone le jour de la Saint-Sylvestre : ça ne vous inspire aucune réflexion ?

Grindel hocha la tête de nouveau et répondit gravement :

— Monsieur le Directeur, je ne partage pas la bonne humeur qui règne ici. Ces ordures, je les préférerais aux assises. En outre, ils seront rapidement remplacés. Je ne vois qu'une chose : sept homicides.

Le soulagement du directeur s'exprima par un soupir d'aise.

— Parfaitement ! La joie qui règne à la Préfecture et dans les différents hôtels de police...

Il hésita :

— Même si elle est compréhensible, et je la comprends, notez-le bien...

Il s'interrompit un instant et reprit :

— Cette joie est incompatible avec la mission du personnel. J'étais sûr que vous admettriez cela.

Grindel attendit la suite, qui ne vint pas. Un peu agacé, il questionna :

— Monsieur le Directeur, ma présence ici a-t-elle un rapport avec ces affaires ?

Cette fois, l'autre n'hésita pas :

— Vous êtes chargé de l'enquête, Grindel. Vous aurez le soutien de tous les services. En outre, je compte vous adjoindre deux assistants. D'abord, Peret. Il va passer principal. Objection ?

— Aucune.

— Tant mieux. J'ai aussi un garçon très bien, un commissaire stagiaire : Robert Lutz.

C'est d'un ton tranquille que Grindel répondit :

— Négatif.

Le directeur s'empara de sa gomme et la considéra avec le plus grand intérêt. Il n'aurait pas agi autrement si elle avait été bourrée de microfilms.

C'est d'une voix douce qu'il questionna :

— Une raison particulière ? Une raison de service ?

— Ce petit merdeux passe ses journées à faire de la propagande d'extrême droite. Je n'ai que foutre d'un excité de ce style-là.

— Mais le connaissez-vous ?

— Oui. Il est entré dans mon bureau, il y a une semaine, pour me proposer une photo du G.S.G. 9 [1].

— Le G.S. quoi ?

— G.S.G. 9. Grenzshutz Gruppe 9. Groupe de protection des frontières n° 9. Je lui ai conseillé d'aller se faire foutre.

Le directeur secoua la tête :

— Grindel, j'obtiendrai sans problème qu'il mette ses idées politiques en veilleuse. D'ailleurs, en dehors de cela, c'est un excellent flic, tireur d'élite, à l'aise sur tous les terrains...

— Un crétin tout terrain. Un con 4 = 4.

— D'ailleurs, il m'est un peu imposé. Scatti, son patron, en est enchanté. C'est un peu la coqueluche de la boîte, ce Lutz. Comme Padovani à ses débuts.

— Ils n'ont rien à voir. La preuve : Padovani lui a flanqué une beigne parce que votre Lutz sifflait le *Horst Weissel Lied* dans les couloirs.

Le directeur posa méticuleusement sa gomme sur la feutrine vert Empire de son bureau puis, presque à voix basse :

— Grindel, j'ai déjà promis à Scatti de mettre son poulain sur cette affaire. C'est, en quelque sorte, mon cadeau pour son départ à la retraite. Reculer me serait terriblement pénible. Je vous demande cela comme un service personnel.

Grindel hésita, puis :

— Soit. Où sont-ils ?

— Dans votre bureau. Ils vous attendent.

1. Unité d'élite de la police ouest-allemande.

# 6

Le commissaire stagiaire Lutz attendait debout au centre de la pièce, ses jambes comme fichées en terre.

Près de la fenêtre, le commissaire Peret contemplait la rue à travers les stores vénitiens.

C'était un homme de trente-cinq ans, plutôt petit, blond, le nez en bec d'aigle et le visage fatigué.

La sympathie de Grindel fut immédiate et il lui tendit la main, geste qu'il n'eut pas à l'endroit de Lutz.

— Peret, commença Grindel, vous m'assisterez sur le terrain.

Puis, se tournant vers Lutz, il précisa d'un ton froid :

— Lutz, j'entends que vous coordonniez notre boulot avec celui des différents services de la boîte. Si vous rêvez d'avancement, c'est un poste idéal. Et très peu exposé. Questions ? Objections ?

Aucun des deux hommes n'avait à en formuler.

— Très bien ! ajouta Grindel. Peret, suivez-moi.

Haut perchés sur les tabourets du bar de la cafétéria, Grindel et Peret discutaient depuis près de deux heures.

La conversation, qui avait débuté sur des questions de service, avait assez rapidement pris un tour plus personnel, les deux hommes s'étant découvert des affinités, notamment à propos de la littérature allemande, du temps qui passe et de leur perception, assez proustienne, du passé.

Peret en parlait précisément :

— Il paraît que dans son quartier général de Vincennes, le généralissime Gamelin passait ses journées à lire Proust.

— Il aurait tout de même mieux fait de se tenir au courant des techniques nouvelles de la connerie militaire. On aurait peut-être fait l'économie de Pétain et des enfoirés de la « Divine surprise ».

— Exact, patron. Mais tant qu'à perdre les guerres, autant que ce soit la faute de la littérature.

Grindel sourit.

— Quand j'étais petit, ma grand-mère me parlait souvent de la guerre de 1870. Vous savez ce qu'elle avait vu, je veux dire : sa seule image ?

— Non.

— Elle habitait un petit hameau entouré de collines, dans les Vosges. Parfois, sur une hauteur, vers le soir, un uhlan s'arrêtait. Toujours le même, d'ailleurs. Une silhouette sans visage. Une lance, le cavalier drapé dans sa longue cape grise, le sabre au côté, le casque à pointe et le cheval allongeant l'encolure vers l'herbe tendre. Pour ma grand-mère, la guerre, ce fut cela : un uhlan sur la colline. Elle m'en a parlé chaque soir pendant les quatre ans que j'ai passés chez elle et c'était soixante-dix ans plus tard.

Peret ne réagit pas.

Il était juché sur son tabouret de bar, le chapeau en arrière, les mains dans les poches de son imperméable comme s'il s'était installé là pour quelques secondes.

Après un long silence, il répondit :

— C'est une très belle histoire. Comme si le temps et toutes les pendules s'étaient à jamais arrêtées après le passage du uhlan. Je pense que votre grand-mère était amoureuse de lui... Moi, mon enfance, c'est plutôt la peur. Dans mon quartier, j'ai d'abord vu les chiens prendre un coup de vieux. Marrant, non, que j'aie remarqué ça ? Puis ce fut les gens. Tout le monde grisonnait, blanchissait, hein, tout le monde foutait le camp, comme le uhlan. Des gens qu'on avait toujours vus et puis on ne les voyait plus et les grandes personnes disaient : « Ah ! il est mort. » J'ai trente-six ans, une femme et un petit bébé. Et ça a été vite, bon Dieu, que ça a été vite !

Grindel, assez ému, eut quelque peine à trouver ses mots :

— Je suis ravi de vous connaître, Peret. Réellement.

L'autre allait répondre lorsqu'un planton arriva, essoufflé :

— On vous demande dans votre bureau, patron. Très urgent.

Lutz, assis au bureau annexe, attendait, le combiné à la main.

A l'entrée de Grindel, il couvrit l'écouteur de sa paume et expliqua :

— Un type qui prétend avoir vu le meurtre de Zelleim.

— Donnez ! ordonna Grindel avec impatience. Puis, d'un ton neutre : Commissaire divisionnaire Grindel. Qui parle ?

A l'autre bout du fil, le silence se prolongea quelques secondes puis une voix juvénile répondit :

— Pour l'instant, appelez-moi Riton.

— Vous avez vu quoi, Riton ?

— Tout ! Coup de bol, je revenais d'une partouze chez des bourges à Champerret et j'ai eu l'idée de traverser Neuilly à pinces des fois que d'autres bourges chercheraient de la figuration. Dites, c'est bien vous, le chef ?

— Un puissant chef, même ! répondit Grindel en souriant.

— Ah ! bon. Parce que le gars que j'ai eu la première fois que j'ai appelé, il a pas été aimable.

Grindel nota le fait, ce premier appel. Ou crut le noter. Mais ses préoccupations étaient autres :

— Où êtes-vous ?

— Minute ! J'ai une copine qui tapine... En occasionnelle, remarquez.

— O.K., on lui balance un condé. Où tu es ?

— Je garde le garage.

— Quel garage ? Où ?

— Le garage de mon pote Touré, porte de Bagnolet. Dites...

— Oui ?

— Hé !

Grindel, tendu, demanda :

— Qu'est-ce qu'il y a, bordel ?

A l'autre bout du fil, Riton hurla presque :

— Hé ! Qu'est-ce qu'ils foutent, ces mecs-là ! Putains ! Ils sont...

Grindel ferma les yeux une seconde. Il avait parfaitement identifié le bruit : rafale d'arme légère.

# 7

Grindel et Peret, entourés d'une nuée de flics en civil et en tenue, observaient le cadavre allongé au milieu d'une large flaque de sang.

La pièce, mi-bureau mi-réserve, était bourrée de bidons d'huile, de caissettes de joints, vis, écrous, boulons, engrenages et jusqu'à un moteur oublié dans un coin.

Les types du labo étalaient leur mélange de mercure et de craie noire, une sorte de poussière grise, avec des brosses de soie souple dans l'espoir de faire ressortir des empreintes résiduelles.

Le légiste se releva, ôta ses gants de plastique et lâcha d'un ton neutre :

— Mort par exsanguination.

— Il s'est vidé de son sang, c'est bien cela ? questionna Peret.

— Absolument. J'ai relevé six blessures par balles.

— Où est le propriétaire du garage ? lança Grindel à l'intention des inspecteurs locaux.

— Dans le garage proprement dit, monsieur le Divisionnaire, répondit l'un d'eux.

— Et c'est quoi, ce garage ?

Le flic local ne put réprimer un demi-sourire :

— Une histoire de fou, monsieur. Ce type ne vend que les 4L déglinguées et couvertes de trucs publicitaires. Il vend ça la peau du cul, et ça marche !

— Conduisez-moi.

Grindel vit d'abord une dizaine de 4L puis le propriétaire du lieu, un Noir.

— Lionel Touré, c'est vous ?

— C'est moi. Tu viens pour Riton ? Riton, il disait toujours : « No Future, mec. » Putain, mec, Dieu l'a entendu : six bastos ! Dieu, tu peux dire sans t'tromper qu'il l'a reçu six sur six, le Riton !

Avant que Grindel n'ait pu répondre, notamment pour faire cesser ce tutoiement, le Noir tomba à genoux, les bras dressés devant lui en un geste incantatoire. Puis il entreprit de psalmodier :

— Alléluia ! Merci, Seigneur ! Merci pour Riton ! Tu l'as écouté, ta brebis, malgré qu'elle était toute pourrie avec sa blenno purulente, ses furoncles et sa syphilo qu'il a jamais fait soigner cet enfoiré dégueulasse que j'osais plus lui serrer sa paluche contagieuse. Mais toi, Seigneur, dans ta bonté sans borne, t'as dit : Riton, c'est ma brebis, j'en démords pas, même qu'elle soye toute pourrie et vérolée : c'est ma brebis ! Mais Seigneur, c'te brebis-là, même que t'aurais une super dalle : essaye pas d'la becter ! Aï, mort de tes os, Seigneur !

— T'as fini ton cinéma ou c'était juste un court métrage ? demanda Grindel.

— Où étais-tu quand c'est arrivé ? questionna Peret.

— A deux pas, mec. Au *Terminus*.

— T'as rien vu ?

— Juste les doudounes de la patronne, mec. Tu mets dix balles sur le comptoir, tu dis « doudounes » et elle te fait voir. Mais pour coucher, rien à faire. Elle dit qu'on est tous une bande de pourris buboniques. C'est la vie, mec, sois pas triste.

Grindel, qui ne put s'empêcher de sourire, se tourna vers Peret :

— Il me rendra marteau, ce con !

— Si c'est la volonté d'Allah, vaudrait mieux que tu discutes pas trop avec Allah, mec, c'est juste un conseil !

— M'appelle pas « mec ». T'étais catholique romain il n'y a pas deux minutes...

— Je me garde de tous les côtés, mec.

— T'as rien entendu ? demanda Peret.

— Rien. Le juke, mec, ça chauffait l'enfer.

— Il t'avait parlé, Riton ?

— Juste dit : « Je vais bientôt me placer là où tu m'attends pas. » Et il avait raison, mec, je le voyais pas se placer si vite au cimetière de Pantin.

L'interrogatoire tourna court rapidement. Curieux, malgré tout, Grindel demanda :

— C'est quoi, tous ces tas de merde ?

D'un geste large, il désignait des Renault 4 L pourries, absolument couvertes d'autocollants publicitaires allant des extincteurs Sicli à

Europe I. En haut du pare-brise, comme c'est à présent la mode, un prénom autocollé de plusieurs couleurs fluorescentes.

Toutes les 4 L portaient le même prénom : Marcel.

— Ça ? c'est super branché, mec ! Les tires les plus sordides de Paris, tu peux le dire. Au volant de ça, aucun doute : tu passes pour le roi des cons. C'est cette absolue certitude qui séduit la clientèle. C'est la fureur, je peux pas satisfaire la demande. La « 4 L Marcel », c'est ce qu'il y a de plus branché aujourd'hui.

— Tu vends ces cercueils combien ?

Le Noir prit Grindel par l'épaule et, ses lèvres épaisses tordues par un sourire contrarié, il répondit :

— La vie est dure, mec ! Un vrai enfer de merde ! Pour une « 4 L Marcel », faut quand même compter huit cents tickets, hein.

— T'as des projets ?

— La voiture arabe. Ça fera un boom chez les petits cons des Halles.

— Projets, je voulais dire quitter Paris dans les quarante-huit heures qui viennent.

— Non, mec, je suis là où j'ai posé mon sac et mon sac, c'est ici que je l'ai posé.

Grindel hocha la tête :

— Ça tombe bien, on risque d'avoir besoin de toi.

Puis, sortant de sa poche une fiche de carton qu'un inspecteur venait de lui remettre :

— C'est quoi cet attentat à la pudeur il y a un an ?

— Rien qu'un malentendu, mec. Il y avait une

fille de rêve qui passait à heures fixes devant le garage : trente-cinq ans, grande, des longues jambes, jupe courte à volant. J'ai juste sorti ma quéquette pour lui montrer tout ce qu'elle venait de perdre.

Grindel continua à lire :

— Et cette maîtrise de sociologie, c'est par inadvertance ?

— A cette époque, mec, je croyais encore à l'Occident. Je me disais qu'il allait arrêter de baiser le Tiers-Monde, parce que, à long terme, c'est pas du tout l'intérêt de l'Occident d'avoir ces rapports-là avec le Tiers-Monde.

Grindel s'éloigna de quelques pas, s'arrêta, se retourna et questionna :

— C'est quoi ta voiture d'Arabes que tu vas vendre aux petits cons des Halles ?

— Ça sera branché comme jamais ! Imagine un vieux break 404 vert d'eau bourré de vieux cageots.

— Pourquoi ?

— Tous les épiciers sont arabes, mec. Et tous les Arabes ont des 404. Je fournirai la 404 familiale vert d'eau avec les cageots. T'imagines tous les fils à papa se faisant flinguer aux barrages routiers par les bourres ? Les bourres, tu sais : break 404 + cageots = ouvrez le feu ! Je suis diabolique, hein ?

— Moi, je dirais satanique. Mais c'est une question de point de vue.

# 8

La Renault noire à antennes stoppa place du Trocadéro, à proximité des fontaines.

Il était vingt-quatre heures précises.

A zéro heure deux minutes, une estafette bleue de la gendarmerie se gara devant elle, à une cinquantaine de mètres.

Les véhicules, tous feux éteints, restèrent à l'arrêt, sans signe de vie de leurs occupants pendant trois minutes.

Puis, la Renault fit deux appels de phares, secs, rapides, nerveux. L'estafette bleue répondit aussitôt et par le même signal.

Un officier de gendarmerie en tenue de combat descendit de son véhicule après avoir fait coulisser la porte latérale.

Au même instant, le commissaire Roger Scatti sortit de la Renault et marcha à la rencontre du gradé.

Les deux hommes avançaient d'un pas qui, pour être lent, n'en semblait pas moins mécanique. Leurs talons résonnaient sur l'asphalte mouillé.

Lorsqu'ils furent face à face, l'officier tendit sa

main fermée à Scatti qui, après une légère hésitation, avança sa paume ouverte.

Un morceau de métal rectangulaire très dense, très lourd et très froid, glaça un instant la paume de Scatti qui considéra le gendarme avec perplexité.

Le capitaine ébaucha un sourire.

— Vos consignes de prudence sont suivies à la lettre. Nous l'avons fait fondre à dix-sept heures. Aucun expert au monde ne pourrait reconnaître un Sturmgewehr là-dedans.

Scatti hocha la tête.

— Et les munitions ?

— Dans la Seine. Du 7,62 mm, ça vous brûle les mains.

Scatti, en proie à un malaise naissant, voulut rompre le dialogue.

— Fidélité de la Police vous remercie, capitaine. Le jour venu nous n'oublierons pas.

— Merci. Néanmoins, nous pensons qu'il est temps de préciser un point important : la gendarmerie ne se contentera pas d'opérations de soutien ponctuelles et de missions subalternes.

Scatti le fusilla du regard.

— Qui dit cela ?

L'officier hésita.

— Moi, et mes trois hommes. Vous savez qu'en l'attente de votre communiqué global, il m'est impossible d'entreprendre une quelconque approche de la hiérarchie.

— Je ne vois pas, répondit sèchement Scatti.

L'officier de gendarmerie, mal à l'aise, regarda autour de lui. Puis, un instant, il fixa la Renault de Scatti. Celui-ci, de plus en plus énervé, ajouta :

— Ne soyez pas ridicule. L'inspecteur divisionnaire Latueva est au volant. Et c'est tout.

— Excusez-moi, je ne me sens pas très à l'aise, répondit l'autre d'un air maussade.

Puis, sentant l'impatience de Scatti, il précisa :

— Votre communiqué clarifiera la situation. On saura, dès lors, qu'une partie de la police est passée à la dissidence pour la restauration nationale. Se réclamant de vous, nous pourrons essaimer dans la gendarmerie et de là, dans l'armée.

Perdant tout contrôle de lui-même, Scatti le gifla et, blême de rage, débita d'un ton saccadé :

— Je vous interdis ! Je vous interdis formellement de prendre une initiative ! Il m'a fallu vingt ans pour mettre sur pied Fidélité de la Police. Nous avons créé des centaines de clubs, amicales, groupements sportifs ou culturels, associations et tout cela uniquement pour sélectionner nos membres, localiser nos sympathisants et identifier nos ennemis ! Vingt ans pour mettre au point la plus belle machine de guerre jamais conçue ici contre la pègre et le communisme.

Il tremblait encore de rage lorsqu'il ajouta :

— Vous êtes un danger, capitaine ! Vous êtes notre ennemi !

Et, sans écouter les explications de l'officier, il courut à sa voiture qui démarra en trombe.

La Jaguar bleu aurore, tous feux éteints, stationnait à deux cents mètres dans un angle presque mort.

Lutz baissa ses jumelles de marine et lança à l'adresse de Spiero :

— Merde ! Regarde ! Scatti se barre en courant ! Vite ! C'est le signal !

Aussitôt, Spiero bondit, sortit un long tube de sous la voiture et en posa l'extrémité sur le toit Puis, l'œil au viseur, il attendit.

Sans baisser ses jumelles, Lutz ajouta :

— Il va remonter dans son estafette. Dès que la porte claque, tu te tiens prêt. Il vaut mieux attendre qu'ils mettent leur tire en route.

L'officier, l'air sinistre, grimpa dans son véhicule sans répondre aux questions de ses hommes, armés jusqu'aux dents.

Il avait peur.

Une peur terrible. Incoercible. La plus grande peur de sa vie et qui tenait au ton de Scatti, cette manière de dire : « Vous êtes un danger ! Vous êtes notre ennemi ! »

Un instant, le capitaine songea qu'il ferait mieux de s'en aller tout raconter à ses supérieurs. Oui, mais ça voulait dire aussi vingt ans de tôle !

Il se tourna enfin vers un adjudant-chef et expliqua d'une voix éteinte :

— Tout a foiré : ces types sont dingues ! On a contre nous la plus terrible des organisations secrètes, le plus redoutable groupe de terroristes qui puisse exister : une structure secrète composée de flics fanatiques.

L'adjudant-chef arma son P.M.

— Tant qu'on a ça, mon capitaine : rien n'est foutu !

Ni l'un ni l'autre ne pensait qu'en cet instant un bazooka R.P.G. 7 d'origine tchèque s'apprêtait à les volatiliser.

Aussi n'eurent-ils pas le temps d'être surpris lorsque la chose se produisit.

# 9

Grindel tournait en rond dans son bureau sous l'œil intéressé de Lutz.

Peret, en retard de vingt minutes, fit une entrée remarquée : chapeau rejeté sur la nuque, imperméable Brown's froissé, cravate club dénouée...

Le divisionnaire domina immédiatement sa colère et questionna d'un ton neutre :

— Un problème, Peret ?

L'autre hésita, puis :

— Aucun problème, patron. J'étais dans ma baignoire.

— Intéressant ! ne put s'empêcher de répondre Grindel.

Mais, de toute évidence, son subordonné ne l'entendit même pas.

— Patron, je m'amusais avec les jouets du bébé... Des petites otaries en plastique : vous remontez un ressort et ça fait battre les nageoires. C'est comme ça qu'elles avancent dans l'eau du bain.

— Votre bébé doit adorer ça ! répondit Grindel, assez mal à l'aise.

— Ce matin, dans la baignoire, j'étais déjà angoissé. Et puis comme ça, pour m'amuser, j'ai remonté les ressorts et j'ai balancé les trois otaries à l'autre bout, à mes pieds.

Le divisionnaire hésita, ouvrit la bouche puis se ravisa juste comme Peret reprenait :

— Saisissant ! Elles ont fondu vers moi, Patron ! Elles pouvaient se disperser sur trois cent soixante degrés mais non ! Sous la conduite de la plus vieille, celle que j'avais achetée en premier. Comme ça ! Trois sillages groupés... Je ne bougeais plus... Elles m'ont frappé au cœur, espacées de deux centimètres chacune.

Grindel réagit aussitôt :

— Des jouets de plastique, Peret. Rien d'autre.

Le commissaire s'assit en conservant chapeau et imperméable. Les yeux dans le vague, il secoua très lentement la tête.

— Non, patron ! Je vais y rester. Trois bastos ! Pas quatre : trois !

Lutz, qui n'en pouvait plus d'allégresse, entreprit de flirter avec le feu et, s'adressant à Peret d'un ton sérieux :

— Patron, puisqu'on est dant le symbole : avez-vous une idée sur l'identité de la vieille otarie ?

Grindel le fusilla du regard et Lutz esquissa ce mouvement de tête en avant qui peut signifier la prise de conscience d'une gaffe. Mais, au fond, l'assimilation de Scatti à une vieille otarie lui semblait absolument irrésistible.

Grindel, s'efforçant au calme, alluma une Craven, tira une longue bouffée puis, d'une voix douce :

— Peret, nous déjeunons ensemble. On réglera cette histoire. Je passe la matinée chez le directeur. Vous êtes au courant pour les quatre gendarmes, cette nuit ?

Rassuré par la perspective de la conversation à venir, Peret se reprit.

— J'ai entendu ça ce matin, patron. Ça nous concerne ?

— Le directeur est persuadé du contraire. Moi pas. Peret, les gendarmes n'étaient pas en service. Et en outre, armés de pied en cap. Bizarre, non ?

— Peut-être une de leurs salades politiques, patron ?

— Possible, en effet ! répondit assez sèchement Grindel qui ajouta : c'est également l'avis du directeur. On peut aussi envisager un trafic d'armes, un chantage, une partouze et dix autres hypothèses. Maintenant, je vais vous expliquer comment je travaille. Et vous feriez bien d'écouter également, Lutz. Depuis que je suis à la boîte, lorsque je travaille sur une affaire, tout ce qui arrive, je dis bien tout, pour moi : ce n'est jamais neutre *a priori*. Existerait-il une chance sur mille qu'il y ait un lien, je fonce là-dessus. Objectivement, c'est un travers et faute de rigueur, on en arriverait rapidement à distordre les faits. N'empêche, à propos de faits, j'ai été divisionnaire à quarante-trois ans. Il s'en est fallu d'un rien que je ne sois le plus jeune divisionnaire de France. Gambergez là-dessus.

Il sortit sans rien ajouter.

Un peu étonnés, Peret et Lutz échangèrent un regard puis ce dernier lança :

— Ces gendarmes, je n'y crois pas une seconde.

— Je fais confiance au patron, répondit Peret qui ajouta : Quel état, les gendarmes ?

— Carbonisés ! Bouillie, steak haché, hamburger. Sauf une tête presque intacte.

Agacé par ces détails, Peret répondit :

— Une tête à l'air contrarié, je présume ?

— Litote ! lâcha Lutz, assez fier de lui.

— Non, understatement ! Vous n'êtes pas encore au point, Lutz.

# 10

Ils marchaient côte à côte, rue du Roi-de-Sicile. Un instant, Peret s'arrêta devant une boutique et en désigna l'enseigne à Grindel : *Timbres cuivres et caoutchouc. Tampons.*

— Ça vous a un côté archaïque, hein ? dit le divisionnaire.

— Patron, j'adore les petits commerçants. Je crois que c'est leur vulnérabilité qui me fascine. La boutique, c'est toujours un peu de la vie conjugale. Par exemple, on les imagine facilement en train de baiser. Plus immédiatement, peut-être, que n'importe quel autre couple.

— Tss-tss ! Vous les aimez parce qu'ils disparaissent. Votre fascination du passé est étrange. Moi, encore, à mon âge, sans famille... Ça doit vous rassurer, le passé, hein ?

Peret sourit.

— Ça donne l'impression d'une plus grande clarté.

— Nouvelle erreur : vous évoluez, vous perdez vos certitudes. Rien d'autre.

Peret s'immobilisa.

— Pire que ça, patron ! Je ne crois plus en

rien ! Je ne crois plus en mon boulot, plus en la politique, plus dans les hommes. Ma femme m'a traîné à une réunion-débat sur un pays d'Amérique centrale. Les trois quarts des sièges étaient vides, il y avait un chanteur barbu avec une guitare. C'était pathétique. Je me disais : avec ta bonne tête, ta gratte, ta bonne volonté, t'es foutu d'avance. En face, ils sont bien salauds, bien armés, bien entraînés, et ils ont compris les lois économiques : « salaires légers, chars lourds » !

Grindel s'arrêta devant un petit restaurant, jeta un coup d'œil au menu puis, à l'adresse de son collègue :

— On essaye ici ?

Ils n'étaient séparés que par une lampe dont l'abat-jour, offert par les apéritifs Tropicano, diffusait une lumière très douce.

— Peret, je vous comprends parfaitement, mais c'est comme tout le reste, une foutue pente savonnée qui vous bascule en enfer. Comme la drogue ou l'alcool. Votre passé, le passé, ça ne doit pas interférer avec le présent. Vous avez une femme, un petit garçon... Moi aussi le boulot me gonfle, parfois... Souvent. Mais si nous allions plus loin, nous buterions sur la signification de l'existence et outre que nous serions ridicules, nous frôlerions des abîmes.

— Entre l'absurde et la terreur.

Grindel sourit.

— Schopenhauer voyait plutôt ça sous la forme d'un pendule oscillant entre la souffrance et l'ennui.

— Je connais peu. Un philosophe sceptique ? Non, pessimiste. C'est bien cela ?

— Pessimiste... Il s'opposait à l'école post-kantienne : Fichte, Hegel. Nos petits trous-du-cul de « nouveaux philosophes » ont fait récemment de même. Démarquage différent. Et le style en moins, naturellement.

— Patron, je crois que de tout temps il y a eu cette inadéquation au monde mais... D'un côté, le type qui en est réduit à se nourrir de rares sandwiches : comment voulez-vous que ce type-là ne prenne pas un feu quand on lui surine des mots pourris comme robotique ou télématique ?

— Simple : il en parle. Au troquet. A l'A.N.P.E., dans le cabinet d'attente du médecin de la Sécurité sociale. Il rencontre d'autres types, comme lui. Ensemble, ils disent qu'il faut tout faire péter. Ils rentrent chez eux déterminés et ouvrent la télé. Et puis c'est fini. Le dialogue, c'est une soupape de sécurité, Peret. La plaie du réformisme : autogérons nos rêves de révolte, pas la révolte !

— Patron, ça pétera tout de même. Mais laissons tomber le type au casse-dale et...

— Vous voyez bien : ce type-là, on le laisse toujours tomber ! coupa Grindel.

— Non, je veux dire : allons voir de l'autre côté. C'est pareil. Les gens ont l'air malheureux. Même, surtout, lorsqu'ils ont atteint leurs objectifs : propriétaires de l'appartement, maison de campagne, appareils de toutes sortes. Même là, ils traînent avec eux un vieux truc triste en forme de remords et d'abandon.

Grindel leva son Martini gin à hauteur du visage, comme on le fait pour un toast.

— Aux Français touchés par la Crise. Et à ceux touchés par le spleen. M'est avis, d'ailleurs, qu'il y a des foutus cumulards !

Peret leva son verre.

— A la mauvaise conscience collective, au cadavre du colonialisme, aux déroutes militaires et sociales, à toutes ces choses qui nous placent bien en face de notre propre fonction.

— Et de notre désir de mort, ajouta très doucement Grindel.

# 11

Le printemps semblait en régression et la pluie, froide pour un mois d'avril, séchait lentement sur l'asphalte gris.

Assis dans une voiture de service, ils attendaient : Spiero au volant, Scatti à ses côtés, Lutz et Latueva sur le siège arrière.

Aucun d'eux ne parlait. Noyau dur de Fidélité de la Police, ils s'étaient très rapidement trouvés, presque sans le concours des mots.

D'un manège, installé sous le métro Stalingrad, arrivait de la musique. Vieilles rengaines sucrées, adipeuses. Quelque chose qui évoquait les guimauves des fêtes foraines, du moins, pour ce qui concerne la récurrence : un mélange de violence stupide mystérieusement articulée sur un désir de libération.

De la rue transversale descendant vers le canal où était garé leur véhicule, Scatti jeta un coup d'œil morne aux néons du manège. Rose, violet, vert et jaune, de ces couleurs électriques qui avaient connu leur heure de gloire au tout début des années 60 et qui ne pouvaient se comparer à aucune couleur réelle — du moins entendait-il par là de celles qu'on peut voir dans la nature et qui ne doivent rien à la main de l'homme.

— Je déteste les forains ! lança Scatti.

— Pourquoi ça, patron ? demanda Lutz qui, du siège arrière, s'était rapproché.

— C'est le désordre ! Ils vendent de la fête, des cris, du rire, de la vulgarité. Je les déteste !

Il sortit une barre de chewing-gum au Coca-Cola dont il ôta très lentement le papier d'argent.

« Comment peut-il bouffer ça ? songea Lutz. Ça a absolument le goût d'un désinfectant pour chiottes. »

Spiero, les mains sur le volant, ne quittait pas des yeux une porte vaguement bleue dont la peinture s'écaillait. Il s'éclaircit la gorge brusquement :

— Qu'est-ce qu'il fout, bon Dieu !

— Pas d'impatience, Spiero. Je déteste l'impatience : c'est féminin, répondit sèchement Scatti.

Il se préoccupait peu, sinon pas du tout, de l'ambiance tendue qu'il créait.

Ce qui n'était pas le cas de Lutz.

— Patron ?

— Lutz ?

— J'ai appris une nouvelle chose, patron. Une chose complètement effarante.

— Oui ?

— Il existerait des séances où les magistrats, dans le but de se désinhiber, se mettent à quatre pattes et se reniflent le derrière. Dynamique de groupe, qu'ils disent.

Le silence qui suivit ces paroles se prolongea

un certain temps puis Scatti demanda d'un ton cassant :

— Vrai, Lutz ?

— Absolument authentique, patron.

Le commissaire principal jeta un regard écœuré en direction du manège puis, d'une voix lasse :

— Ils le font exprès. Ils sont rentrés dans le système pour le détruire, pour ruiner toute autorité.

Latueva hocha la tête d'un air convaincu.

— N'importe quel petit voyou, dans le box, n'aura qu'à évoquer ce détail pour que le public du tribunal parte à se bidonner !

Lutz, qui commençait enfin à s'amuser, entreprit, très prudemment, d'excéder Scatti. Il aurait été tout à fait incapable d'expliquer les raisons qui l'entraînaient à pousser son supérieur à bout. C'était d'autant plus surprenant qu'il le respectait profondément. Mais cette force étrange était là et il ne lui résista pas plus longtemps.

— Patron, peut-être que ça existe chez nous aussi. Oui, peut-être que des commissaires se reniflent le derrière.

— Lutz ! hurla Scatti.

Il se retourna vivement, le visage marbré, de l'écume aux lèvres.

— Lutz ! J'abattrai de ma main le premier patron qui ferait une chose pareille ! Vous m'entendez, Lutz ?

Celui-ci crut bon de lâcher du lest. Beaucoup de lest.

— Et je vous y aiderai, patron !

Brusquement, Spiero se raidit. Si légèrement que beaucoup ne l'auraient pas vu.

Ses trois collègues le sentirent immédiatement et les paroles de l'inspecteur furent presque inutiles :

— Le voilà ! Le fumier est seul, patron !

— Eh bien, qu'est-ce que tu attends : suis-le !

# 12

Ils avaient suivi l'homme assez longtemps. Du moins en avaient-ils l'impression — sans doute parce qu'ils roulaient exclusivement en première.

Quand l'homme était entré au cimetière du Père-Lachaise par l'accès situé dans la partie haute, ils avaient hésité.

Scatti, surtout, qui pensait ne rien ignorer des « cas » qu'il devait « traiter ».

L'homme, âgé de trente-cinq ans, était assez grand et plutôt bien bâti. Il portait une chemise grise en coton, un blouson de cuir assez usagé, des jeans de velours bleu marine et des mocassins américains grenat.

— Impossible d'entrer tous les quatre ! trancha Scatti qui ajouta : Lutz et Latueva, à vous ! Tâchez d'attendre le moment opportun. Si vous estimez ne pas pouvoir le « sauter », abattez-le ! Et n'oubliez pas : c'est un tueur. Il est toujours armé. Un P.38. Toujours au même endroit : aisselle gauche. Il est habitué à agir seul et il lui reste de très bons réflexes.

Lutz et Latueva ouvrirent leur portière avec un parfait synchronisme.

Tandis que Latueva feignait de s'intéresser aux caveaux pompeux de plusieurs générations d'industriels, Lutz observait l'homme à la jumelle sans prendre la moindre précaution. Et, de fait, il avait souvent remarqué qu'un comportement qui semble naturel n'attire pas l'attention.

Plus singulière, sans doute, la façon dont il parlait sans presque bouger les lèvres.

— J'aurai dû m'en douter : le fumier allait au « carré du Parti communiste ».

— Qu'est-ce qu'il branle ? souffla Latueva en fixant la tombe de marbre noir d'un grand bourgeois « regretté de tous ».

— Tombe d'Eluard.

— Quoi ?

— Tombe de Paul Eluard. Un de leurs poètes.

— Et puis ?

— Rien. Si, il se remet en route.

— On bouge ?

— Non. Oh ! splendide !

— Quoi ? demanda Latueva.

— Formidable ! Il quitte l'allée ! Il descend les marches vers le mur des Fédérés et là, pas un chat !

— Bon ! Alors ?

— On le saute !

L'homme fixait la tombe et toute son attitude reflétait la sympathie.

Une tombe attaquée par l'érosion, la pluie et la mousse.

L'homme ne sentit pas le danger. Il le perçut deux ou trois secondes avant que le canon d'un automatique s'enfonce dans son dos et qu'une main le soulage de son P.38.

— Jean-Baptiste Clément. Auteur du *Temps des cerises.*

Lutz avait lu laborieusement, pour s'amuser.

— Flics ? questionna l'homme.

— Devine ! répondit Latueva.

— Fafs [1] ?

— Taratata, les grands mots, maintenant ! ironisa Lutz.

— Et qu'est-ce qu'on fait, une partouze ? demanda l'homme.

— Sacrée partouze, ça, tu peux le dire, répondit Lutz.

Pourtant, le ton n'y était plus. Oui, ça n'allait pas : ce type n'avait pas peur.

— Tu marches avec nous ou on t'abat sur place. Au fond, t'as le choix. Démocrates, hein ? fit Lutz faussement magnanime.

Ils allaient s'éloigner lorsque Latueva, se ravisant, revint en arrière, ouvrit sa braguette et urina sur la tombe de Jean-Baptiste Clément.

— Pour faire ça, il n'y a que des fafs ! dit l'homme en souriant.

1. Fascistes.

La voiture roulait vers la banlieue est, l'homme encadré sur la banquette arrière par Lutz et Latueva.

Il ne se faisait pas d'illusions : sa peau ne valait plus un clou. Par défi, ou dans l'espoir suicidaire de faire monter la tension, il rompit le silence :

— Les gars, pour la partouze, j'ai changé d'avis. Je suis sûr que vous saurez vous débrouiller tout seuls.

— Ta gueule ! répondit Spiero.

— Non, laisse : c'est un comique ! dit Lutz.

L'homme regarda Lutz. Le genre de regard qu'on balance à un rat crevé.

— T'as une gueule de violeur. T'es un vrai faf : tu devrais poser pour l'affiche du gala annuel de la *Das Reich*.

— Tu me fais plaisir, continue !

— J'en ai vu des mecs comme toi. Ils se tordaient par terre, la gueule en sang, une 9 mm dans le genou. C'était bon de les finir à coups de pompes.

Lutz se pencha vers l'homme en souriant, le regard gourmand.

— Je suis pas ton genre ? C'est quoi, ton genre ? Des chiennes rouges ? Des salopes communistes ? Dis, c'est des bonnes suceuses ?

L'homme lui rendit son sourire, exactement comme s'ils étaient sur la même longueur d'onde.

— Je me souviens d'une fois, une brune aux yeux bleus... C'est la seule fois, me semble-t-il, où des pulsions esthétiques et purement émotionnelles prirent le pas sur le plaisir sexuel... Cette fille... Ces yeux bleus légèrement voilés, presque extatiques, regardaient au-delà de moi. C'était très curieux. Je faisais les gestes de l'amour mais j'étais essentiellement occupé de ce regard, solitaire, au fond. Il y a quelque chose de profondément morbide, dans l'amour, tu ne crois pas petit rat ?

Le visage de Lutz se durcit.

— Appelle-moi encore une fois « petit rat » et je te fais sauter la gueule, ordure.

— Comment t'as dit ça, petit rat ?

— Silence ! Tous les deux ! jeta Scatti.

## 13

Il s'agissait d'une sorte de garage attenant à un pavillon.

A peine les cinq hommes y étaient-ils entrés que Scatti dégaina, visa l'homme et tira.

La balle fit éclater la clavicule droite et l'homme, sous l'impact, effectua un bond en arrière.

Ils l'observaient, tous les quatre, tandis qu'il essayait de se relever.

Une fois, deux fois, dix fois, vingt fois avec une obstination qui toucha très curieusement Scatti, toujours bouleversé par une image valorisante de l'être humain.

Un Scatti presque compatissant :

— N'essayez pas de vous relever. Appuyez-vous sur le coude gauche.

L'homme détacha lentement son regard du commissaire principal et observa l'endroit : murs tachés d'humidité, toit de plastique jauni, sol de béton pas même lissé. Sans compter tout le bric-à-brac qui s'accumule parfois dans les garages des pavillons de banlieue : épuisettes, parasol, masque de plongée sous-marine, bref, toutes choses évoquant des vacances au bord de la mer et qui perdaient, ici, leur raison d'être tandis que la pluie, fine et froide, s'était remise à tomber d'un ciel bas, gris et triste.

Scatti s'assit sur les talons.

— Pour vous montrer que nous ne plaisantons pas, Stadler.

— Vous... Vous n'avez pas, non plus, une tête à ça.

Scatti eut un geste d'agacement et reprit :

— Ce texte, il y a une quinzaine d'années, c'était vous : « Communiqué. Aujourd'hui, 20 janvier, l'organisation Groupe ouvrier multinational a justicié le député Hunzinger, candidat d'alternative bourgeoise, condamné pour crimes antipopulaires. Par cette action, réalisée par une avant-garde du Prolétariat, nous entendons signifier à la France des accapareurs, que rien n'arrêtera la justice du Peuple. »

Stadler grimaça.

— Vieille histoire ! Ils lui ont refait la gueule.

— C'était vous ? insista Scatti.

— Je regrette : je n'ai rien à dire.

— C'était vous ?

— Non, le type était barbu, cheveux longs plutôt gris.

— Son nom ? demanda Scatti.

— Marx. Karl Marx.

Scatti hocha la tête.

— Soit, je m'y attendais. En 1971, l'incendie du parç auto devant l'usine : c'était vous.

Stadler tenta de se redresser mais une douleur fulgurante l'en empêcha.

— Non, c'était ma petite sœur.

Scatti acquiesça.

— Nous savions que c'était vous. Nous n'en avons jamais eu la preuve. Vous étiez très prudent, d'ailleurs.

— Le tabassage du gardien qui avait blessé un Arabe : c'était vous.

— Non, c'était Arafat en personne. Vous allez me tuer ? Au nom de quoi ?

Scatti sortit une tablette de chewing-gum d'une de ses poches et l'ouvrit avec une lenteur exaspérante.

— Ce sont les politiciens pourris qui déterminent les limites de la légalité. Légalité qui, pourtant, est censée préserver notre univers.

— Comprends pas.

Scatti estimait son adversaire. Du moins ne sous-estimait-il pas son intelligence. En outre, et bien qu'il s'agisse d'un tueur, c'était un politique. Rien à voir avec la racaille qu'ils avaient supprimée ces derniers jours. Aussi s'expliqua-t-il un peu :

— Je dirais que le changement accélère le processus de finitude chez tous ceux qui ne peuvent ou ne veulent s'y adapter. Autrement dit, la pérennité des valeurs qui nous ont vu naître tient la fin du monde en respect. C'est aussi simple que cela.

Il s'ébroua et reprit :

— Ce n'est d'ailleurs pas le propos. Le plasticage de l'appartement du second secrétaire de l'ambassade du Sud-Viêt-nam, c'était vous.

— Non, c'était Ho Chi Min.

— 1972 : vous vous êtes éloigné du maoïsme agonisant. On vous retrouve en Italie. Passage clandestin. Et, très vite, vous devenez un tueur vivant au jour le jour, de planque en planque.

— Ce n'est pas la conscience des masses qui détermine leurs conditions matérielles, mais ce sont les conditions matérielles de vie qui déterminent leur conscience.

Scatti hocha la tête. Il n'avait rien compris aux paroles de Stadler : c'est lui-même qu'il approuvait.

— Nous savons avec certitude que vous étiez un des tueurs de Prima Linea.

— Les ravages de la division du travail.

— Il est regrettable, poursuivit Scatti, et j'entends : regrettable pour vous, que nous n'ayons aucune preuve de tout cela. Mais nous le savons. Nous savons tout, sur tous. Qu'Untel ou Untel a tiré un fasciste à Milan, toujours pour Prima Linea. Nous savons que... Vous voulez des noms ?

— Vous êtes une sorte d'escadron de la mort ? Vous avez rencontré vos collègues de là-bas et ils vous ont dit : plus besoin de preuves ! Magique, hein ? Les truands flingués, c'est vous ! Vous voyez, tout se retourne.

— Non, c'est totalement différent.

Stadler eut un pâle sourire :

— Et puis la paresse. Flinguer, ça va plus vite qu'une distribution de tracts ou une filature. Comme nous disions : cela devient hégémonique sur le terrain des méthodes. Tu te planteras, flic. Comme nous. Schématiquement, pour les mêmes raisons.

Scatti sortit lentement son MAB 9mm à hausse réglable et, secouant la tête :

— Votre intelligence a été pervertie, Stadler.

Puis, très rapidement, il tira à deux reprises dans la poitrine du blessé.

# 14

C'est d'une humeur mitigée que Grindel pénétra dans son bureau.

La vie comprenait des éléments positifs : le mauvais temps s'éloignait. Un ciel d'un bleu très pur, lumineux et sans nuages, se reflétait dans les quelques flaques d'eau qui ne s'étaient pas encore évaporées.

Evaporées comme son enquête, qui ne progressait pas.

Déboutonnant sa veste, il serra la main de Peret et adressa un signe de tête à Lutz qu'il questionna sèchement :

— Cette nuit ?

Lutz agita quelques papiers — doubles de rapports — et commença :

— Un Arabe tué à Bondy. A coups de pied. Meurtriers présumés interpellés : cinq militaires en permission. Je ne crois pas que ça nous concerne.

— Autre chose ? demanda Grindel.

— Une femme violée et tuée rue de l'Ouest. Aucune piste pour l'instant.

— Profession ?

Lutz regarda le rapport :

— Secrétaire.

— Dans un ministère ? Une administration publique ?

— Non, patron. Une biscuiterie. Ce n'est pas pour nous.

— Autre chose ?

— Une overdose rue de Ponthieu. Un mort. Un type de dix-sept ans. Les participants sont entendus : pas pour nous non plus, patron.

— La suite.

— Bagarres entre Vietnamiens d'origine chinoise. Un mort : tête écrasée avec un hachoir à viande. Pas pour nous.

— La suite, dépêchez.

— Egrillarde, la suite, patron ! Une patrouille a surpris un couple illégitime qui faisait l'amour sur le capot d'une 2 CV dans notre 13e district. La salope faisait ça en bas de chez elle alors que mari et enfants dormaient. La patrouille l'interpelle : elle se sauve à toutes jambes et se jette sous les roues d'un semi-remorque. Paraît que c'était pour le pognon, une chômeuse. Tuée sur le coup : sueur, foutre et sang !

— Votre gueule, Lutz, vous apprenez à la fermer. Vos commentaires, vous vous les carrez dans le cul. Clair ?

L'autre hésita, puis :

— Clair, patron.

— C'est tout ?

— Le gros morceau : Pierre Stadler, trente-six ans, présumé terroriste. D'après Interpol, une des premières gâchettes du groupe clandestin Prima Linea. Retrouvé sur un trottoir de Gentilly avec deux balles dans le cœur et une dans la clavicule. Calibre 9 mm. Aucun témoignage. Aucune piste. Vivait absolument seul. Travaillait comme veilleur de nuit à Gennevilliers. S'était, semble-t-il, retiré depuis deux ans. Ça ne doit pas être pour nous, patron, celui-là moins que les autres.

Grindel adressa un regard à Peret qui répondit par une moue perplexe. Le divisionnaire réfléchit encore quelques secondes, puis :

— Pas pour nous ? moi, au contraire, ça ne m'étonnerait pas si nous étions immédiatement concernés. Stadler était fini. Je veux dire : comme tueur politique. Il ne devait pas se faire d'illusions sur sa longévité : il avait été très loin et il savait que tôt ou tard un « justicier » devait arriver avec son gros pétard. On a flingué Goldman pour moins que ça et, jusqu'à preuve du contraire, il était innocent. C'est bien ce qui me dérange, dans toutes ces affaires.

— Je ne comprends pas très bien, patron, dit Peret.

Grindel, pensif, sortit un congolais de sa poche et mordit dedans très lentement. Puis, toujours avec un air de profonde méditation, il expliqua :

— Si je devais trouver un point commun à toutes ces affaires, je ne serais pas trop embarrassé. Il y a dans cette ville un, ou plus probablement plusieurs types, qui se prennent pour des justiciers.

Lutz tenta de freiner des quatre fers.

— Patron, ça fait pas un peu cinéma, non ?

Grindel imita son élocution lente :

— Lutz, la révolution de 1905 aussi, ça faisait

cinéma. Tellement, même, qu'on en a fait un film : *Le Cuirassé Potemkine.*

Lutz calma rapidement un début de panique puis, d'un ton qu'il voulait convaincant :

— Patron, l'hypothèse première, malgré tout, c'est un grand toilettage dans le mitan. C'est vrai, maintenant, il y a ce tueur de Prima Linea : mais, sans lui, tout serait encore très clair, ça, c'est certain.

— Comment l'entendez-vous ?

— Patron, les cadavres des enfoirés étaient encore chauds qu'on a vu des empires changer de main, des promotions fulgurantes et même l'arrivée d'observateurs de la Mafia. Le tas de merde est en pleine effervescence. Stadler, là-dedans, on peut nous l'envoyer dans les pattes pour brouiller les pistes.

Il hésita un instant et lâcha son dernier argument :

— En outre, patron, j'ai entendu dire que des accords existaient entre les Brigades rouges et la Mafia, ne serait-ce que des pactes de non-agression. Sur les franges du terrorisme, on peut finir par tomber sur le milieu.

Grindel ne répondit pas, mastiquant toujours pensivement son congolais. Il songeait à deux choses : un, le raisonnement de Lutz se tenait ; deux, le stagiaire s'avérait plus fin qu'il ne l'avait cru.

Il se tourna vers Peret :

— Un avis ?

— Il n'a pas tort, patron. Je veux dire que ça tient la route même si quelque chose me dérange dans tout cela.

— Quoi ?

Peret hésita, cherchant ses mots, ses idées, voire l'esquisse d'un raisonnement. Mais rien. C'est d'une voix incertaine qu'il commença :

— Au flan, patron. A l'impression. C'est pas la main du milieu. Ça ne fonctionne pas exactement comme ça. Enfin, je crois. La coordination, par exemple. L'aspect mécanique des exécutions, la première fois : tous les caïds dégommés en quelques heures, sans coup férir. On se croirait aux Etats-Unis. Ou...

— Ou ? insista Grindel.

— Une opération militaire, patron. Un super commando avec minutage et infrastructures.

Grindel sourit mais n'ajouta rien, se limitant à un signe de tête en direction de Lutz qui, visiblement, n'attendait que cela pour expliquer :

— C'est vrai. Mais entre nous, techniquement, ce n'est sûrement pas très difficile d'envoyer trois vagues de tueurs en une nuit, je veux dire : peut-être y avait-il trois équipes avec une tâche bien précise, non ?

Grindel eut un geste évasif :

— Peut-être. Je vais rendre compte au directeur : l'affaire de dix minutes. A mon retour, on compare les différentes opérations. Pensez-y !

# 15

Grindel revint vingt-cinq minutes plus tard, le visage impénétrable. Le premier, Peret questionna :

— Alors, patron : le directeur ?

Grindel eut un geste las.

— Il ne croit ni aux gendarmes ni à Stadler ni à l'idée d'un justicier. Pour lui, le mitan fait peau neuve.

Lutz sauta sur l'occasion.

— Qu'allez-vous faire, patron ?

Celui-ci prit place derrière son bureau, joua un instant avec le déclic de son stylo et répondit :

— Je continue. Tout ce qui concerne le milieu demeure du domaine de Nollet [1] et de son équipe qui m'informeront. N'empêche : qu'un type aussi fin que Nollet n'ait absolument rien trouvé m'inciterait plutôt à croire que je suis en train de mettre dans le mille. Bon, ce n'est pas tout : depuis ce matin, Padovani [2] et ses gars travail-

1. *Cf. La Nuit des chats bottés.*

2. *Cf. Tueurs de flics, La Théorie du 1 %, Le Souffle court, Polichinelle mouillé.*

lent sur l'extrême droite. Ça, c'est moins habile : vu leurs opinions, c'est le supplice de Tantale.

— Qu'est-ce que vous voulez dire, patron ? demanda Peret.

Grindel, qui s'amusait, répondit :

— Demandez à Lutz s'il se souvient de la beigne qu'il a reçue. Mais je plaisantais : Padovani est assez subtil pour taire ses antipathies. Il travaillera uniquement sur le cas Stadler et l'extrême droite organisée. Bon, et vous ?

Peret hésita :

— C'est que... Nous avons réfléchi, patron, pour ce qui concerne le côté « opérationnel ». Et sur la signification, aussi.

— Et alors ?

Quoique gêné, Peret répondit franchement :

— Pas très concluant... Zelleim flambé vif, son garde du corps piqué au cyanure, Luschentini flingué dans son parking : déjà, c'est presque trois manières différentes.

— Comment ça ?

— Zelleim, on pense à un meurtre de fanatique. Son garde du corps, ça relève de l'espionnage. Luschentini, c'est la tradition, comme pour les trois gardes du corps de Bessoni. Ça pourrait donner une cohérence, pour un gars qui a les idées larges et qui pense qu'on brouille les pistes mais patatrac : Bessoni châtré et saigné comme un porc, ça fait vraiment trop, même si on a le goût du dépaysement et la manie des lectures plurielles. Et c'est dans cet état qu'on arrive à Riton, flingué dans son bureau. Là, sans *a priori*, on songe à un crime de petit voyou, je veux dire : sur la manière. Bon, mais si on vous suit, patron, voilà les fantômes des quatre gendarmes. Et là... Un bazooka au Trocadéro, aucun doute...

— Aucun doute sur quoi ? demanda patiemment Grindel.

— Nous aurions pensé à une action terroriste. L'expression armée d'une quelconque minorité ou d'un mouvement de Libération. Et là-dessus, l'extrême gauche mythique, Prima Linea, c'est-à-dire Stadler. Stadler qui tombe comme un cheveu sur la soupe parce que là, on ne peut voir que la main de l'extrême doite.

— C'est tout ? demanda doucement Grindel.

— C'est tout ce qu'on a trouvé comme bilan, patron : des affaires qui ne se correspondent pas.

— Vous le pensez tous les deux ?

Lutz hocha la tête. Grindel réfléchit un instant, puis :

— Schématisons. Les victimes, les gendarmes mis à part, sont des délinquants.

Lutz ouvrit la bouche mais le divisionnaire le fit taire d'un geste et continua :

— On ne fera pas, par hypothèse, de différence qualitative entre la délinquance politique et l'autre. Quel est le moteur ? Je veux dire : si derrière tout cela existe une volonté unique, ce ou ces types, que visent-ils ? Quoi d'autre qu'un nettoyage pour des raisons que l'on pourrait qualifier de morales, étant entendu que le concept subit des variations d'un individu à l'autre. D'accord ?

Peret secoua négativement la tête.

— Désolé, patron : je ne suis absolument pas

d'accord. C'est une vue totalement particularisante.

— C'est vrai ! répondit Grindel qui ajouta : Je ne dis pas le contraire. Suivez-moi là-dessus et dites-moi s'il y a une cohérence interne. C'est tout ce que je vous demande.

— O.K. ! répondit Peret.

— On écarte la manière de tuer, les détails, et on se dit : est-il réellement impossible de penser qu'un type ou un groupe de types nettoie ? Place nette : tout ce qui est illégal est abattu, bandits et politiques. Ça ne vous évoque rien, nulle part au monde ?

— A.A.A., répondit Peret.

— A.A.A. ? questionna Lutz qui trouvait le terrain brûlant.

— L' escadron de la mort, précisa Peret.

Grindel fut surpris. Il avait manœuvré en espérant de ses collègues une approche lente aboutissant à une hypothèse soulevée parmi d'autres au lieu de quoi, Peret avait mis dans le mille du premier coup.

Il hésita et, peu sûr de Lutz, décida de reculer. De reculer à fond. D'ailleurs, le but était atteint, le mot lâché et l'hypothèse soulevée.

Il se força à un sourire indulgent et répondit :

— Du calme, Peret. Je ne vois tout de même pas des collègues sillonnant les pampas berrichonnes avec un insigne à tête de mort au milieu du képi.

— Mais pourquoi pas ? Il suffit de quelques malades...

— Peret !

— A quoi pensiez-vous, patron ? demanda anxieusement Lutz.

— C'est informel. J'ai eu l'idée d'un petit groupe de citoyens. Par exemple, des types organisés en comités d'autodéfense. Un groupe qui dégénère. Il n'y a pas loin de l'autodéfense à la contre-attaque.

# 16

Il s'appelait André Aldebert, dit Dédé le Stéphanois, possédait deux restaurants, plusieurs voitures, autant de maîtresses, un vignoble en Bourgogne et un fond de roulement de trois millions lourds.

Agé de soixante-huit ans, il avait eu une vie agréable n'étaient dix ans passés en maison centrale. Mais, somme toute, ces dix années de prison expliquaient sa fortune actuelle : c'est parce qu'il n'avait jamais avoué quoi que ce soit qu'à sa libération, et moyennant les précautions d'usage, il avait pu profiter des millions, augmentés des intérêts, que lui avait rapportés le casse du Crédit du Nord le soir de Noël 1957.

Cela, ni la Police ni la Justice ne l'ignoraient. Très habilement conseillé, le Stéphanois n'avait eu aucune peine à blanchir son argent si bien que le fait avait été accepté : et comment, d'ailleurs, faire autrement ?

Le Stéphanois pensait rarement à ces choses. Un certain agacement transparaissait lorsqu'on l'en entretenait : volé ou pas, il avait su gérer son fric mieux que bien des fils à papa nés dans les immeubles pompes funèbres du seizième arrondissement.

D'autant qu'on ne l'avait vraiment pas aidé : fils d'une prostituée et d'un proxo lessivé par le gang Carbonne-Spirito, il était passé de la maison de correction au Bat' d'Af et de la prison aux corps francs de 1940.

Mais tout cela avait changé. Il bénéficiait, à présent, d'une certaine sympathie. N'ayant pas une goutte de sang sur les mains, ayant fait preuve d'une évidente intelligence dans l'organisation de ses casses d'antan et affichant assez volontiers des airs roublards, sinon entendus, il n'était pas jusqu'aux flics eux-mêmes qui ne l'aient pris en amitié.

Archétype de la « vieille école », il recevait dans ses restaurants, et sans la moindre discrimination, flics de haute volée et truands installés.

Depuis quelques années, le Stéphanois commençait à songer à la mort. Il buvait de l'eau et ne fumait plus que quelques Camel par jour mais, surtout, des choses jusqu'à présent insignifiantes prenaient un autre relief.

Ainsi en allait-il du cycle des saisons et, par exemple, de ce mois d'avril où la nature repartait à l'assaut du temps dans ces longs matches nuls qui lui évoquaient les vagues s'écrasant sur les rochers.

Les Buttes-Chaumont semblaient rapetisser d'année en année, peut-être parce qu'elles n'avaient plus aucun secret pour lui.

Une odeur de gaufres chaudes le détourna de

ses pensées et vint, presque irrépressible, l'envie d'en manger une.

Il cherchait déjà de la monnaie lorsqu'il remarqua l'appareil à gaufres, Made in Hong Kong. Plus grand-chose à voir avec les machines obsolètes des années 20. *Idem,* d'ailleurs, de la gueule ingrate du jeune serveur à calot style U.S.

Il se souvint brusquement d'une fille... En 1937, non ? Oui, il l'avait levée à l'Expo universelle, juste devant le pavillon d'Allemagne qu'il était occupé à scruter avec méfiance.

Une certaine Arlette. Ou Agathe. A moins que ce ne fût Mauricette. Oui, une grande fille marrante qui travaillait aux usines Aster.

Mais ce n'était pas des gaufres, non, bien sûr ! C'était de la barbe-à-papa ! Voilà, exactement ! Ils mangeaient de la barbe-à-papa, oui : même qu'ils s'en étaient mis partout et lui, canaille ! Lui, bien sûr, il avait proposé qu'ils aillent se débarbouiller chez lui, rue Lepic. Ah la la ! Bon Dieu, que c'était bien ! Et pourquoi revoyait-il cette scène avec tant de précisions alors qu'en quarante-cinq ans il n'y avait plus pensé une seule fois ?

Et c'était bien Arlette. Et pas farouche, pas « bégueule » comme on disait alors. Elle s'était pointée rue Lepic sans faire de chichis et non sans qu'il lui ait roulé un petit patin ou deux dans les wagons ferraillants de la T.C.R.P.

Tout y était : un temps un peu lourd ; les duels de T.S.F. — Tino Rossi contre Charles Trenet — venant des fenêtres ouvertes ; la table de nuit branlante et son pot de faïence ; la toile à matelas rayée bleu et blanc parce que les draps,

« Lulu » les avait emportés deux jours auparavant lorsqu'elle avait fait la malle pour se coller en ménage avec Paulo d'Anvers, ce petit merdeux qui avait fini milicien, fusillé dans la poche de Royan.

Putain de merde, ces années 30 sans pognon, sans avenir, entre deux prisons et deux régiments, entre deux guerres et cent coups de cafard, tout de même, autant l'avouer : c'est formidable d'avoir vingt ans et de baiser en sachant que la vie peut être longue.

— La gaufre, pépé !

Le Stéphanois ne comprit pas mais, voyant la gaufre tendue, il s'excusa.

— Pardon ! Les gaufres, ça me rappelait un truc, avant la guerre, à l'Expo. Je...

— Chauds, les souvenirs ! Chauds ! gueula l'autre, très fier de sa trouvaille.

— Ta gueule et ton cul, je vais les fermer pour toujours ! répondit le Stéphanois.

Le serveur était grand, une trentaine d'années. Déjà chauve, on devinait le frimeur rien qu'à la moto garée à proximité.

— Laisse tomber, Pierre ! dit un de ses copains.

— Non, laisse pas tomber ! répondit le Stéphanois.

L'échange de regards fut bref. « Une grande lope » songea le Stéphanois qui saisit sa gaufre et rempocha sa pièce en disant :

— T'es à l'amende, merdeux !

Et il s'éloigna tranquillement.

Il faisait le tour du lac à petits pas, en proie à une rage folle qui le conduisait à parler tout seul :

— Petit fumier ! Me parler comme ça, à moi ! Petite ordure ! A un homme comme moi ! Ah ! l'enfoiré, il m'a coupé l'appétit ! J'ai le bide en béton, maintenant !

Et, avisant un petit Arabe qui le regardait en souriant gentiment, il lui dit :

— Ça te fait marrer, hein ?

L'enfant éclata de rire, volatilisant la colère du Stéphanois qui ajouta :

— Tu veux ma gaufre ? Je l'ai même pas touchée.

— Pourquoi tu l'as achetée, hé, m'sieur ?

— Mes vieux yeux sont plus gourmands que mon vieux bide ! répondit le Stéphanois en prenant un certain plaisir à noircir le tableau.

— On partage, m'sieur, si tu veux.

Le Stéphanois sourit. Les années d'orphelinat et de cabane, c'était aussi cela : la dernière clope qu'on coupe en deux.

Il reprit :

— T'es gentil, môme, mais j'ai plus faim du tout.

Et, sans un mot, il sortit un billet de cent francs, enveloppa la gaufre avec et tendit le tout à l'enfant qui, après une très brève hésitation, saisit l'ensemble et se sauva à toutes jambes.

Le Stéphanois hocha la tête en songeant : Vas-y, mon p'tit bonhomme. Baise, bouffe, danse tant que ça a un sens parce que la vie, ça commence par des flonflons et ça finit en marche funèbre. Des filles et des gaufres, et tu tiendras le bon bout.

Il vit les deux types à distance et ressentit un certain malaise.

Des flics, bien sûr. Mais des vachards, des sales gueules, des fanatiques.

Il allait se contraindre à davantage de sang-froid lorsqu'il vit le plus jeune dégainer et le viser comme à la foire.

Son corps tournoya avec beaucoup de grâce, comme pour une valse à l'envers, et tomba dans le lac.

Lutz retint Spiero par le bras puis, dévissant très calmement le silencieux de son automatique, il désigna la foule qui accourait et dit en souriant :

— Regarde ! Il est à trente mètres à peine, les bras en croix. Son corps remonte.

— Et alors ? questionna Spiero très mal à l'aise.

— Tout est là. Tous les éléments jusque et y compris notre immobilité et pourtant regarde : tous ces imbéciles courent vers le cadavre.

— Oui, eh bien.

— Pas un pour penser à nous regarder. Tout est là : ils sont nés pour être baisés.

Sur quoi il tourna les talons et s'éloigna sans un regard en arrière.

# 17

Grindel observait le corps du Stéphanois posé, nu, sur le marbre froid de la morgue.

Il se tourna vers Lutz.

— Vous aviez raison, semble-t-il.

Puis, à l'adresse de Peret :

— J'en ai marre. Cette fois, j'en ai pris plein la gueule. On ferme, Peret.

— Qu'est-ce que vous voulez dire, patron ?

— Je vais demander à être dessaisi de l'enquête. Quand on se trompe à ce point-là, partir, ce n'est plus une question d'honneur mais de savoir-vivre.

Peret, qui se trouvait de l'autre côté du corps étendu, contourna celui-ci et se planta devant son supérieur.

— Patron, c'est peut-être exactement et ce que veut cette bande d'enfoirés.

— Comment ça ? demanda Grindel.

— Bien entendu, ils ne savent rien de vos réflexions mais il n'empêche, ce meurtre tombe à pic.

— A pic pour quoi ? demanda le divisionnaire avec, cette fois, une certaine lassitude.

Peret redressa une mèche de cheveux, hésita quelques instants et expliqua :

— Ils n'ont pas besoin d'être derrière nous pour spéculer sur ce que nous pensons. Stadler, c'est un meurtre politique. Il était logique que nous élargissions le champ des recherches et c'est ce que fait Padovani et son équipe. En nous balançant le cadavre du Stéphanois en plein jour et dans un lieu public, pas nécessaire d'être un surdoué pour penser que nous risquions de réorienter l'enquête vers la thèse pourrie du mitan faisant peau neuve. Je veux dire : ils ont fait un grand pas en avant en flinguant Stadler et là, ils viennent de réaliser un minuscule pas en arrière.

— Pourquoi minuscule ?

— Parce que... Parce que le Stéphanois n'était rien. Rien d'actif. Sa singularité, c'est d'avoir nargué la boîte. Dans le cas d'un escadron de la mort, c'est une petite opération techniquement toute simple et qui a en outre l'avantage de répondre à leurs critères, vous savez : le crime ne paie pas, etc.

— Lutz ? demanda Grindel.

— Pour moi, c'est vous qui avez raison, patron. Je crois que le fait de reconnaître votre erreur d'appréciation est une grande leçon et que cette attitude vous grandit.

— Merci, Lutz ! Voulez-vous grimper me chercher le rapport du légiste ?

— Tout de suite, patron.

Lorsqu'ils furent seuls, Grindel se tourna vers Peret :

— Je n'ai pas songé un seul instant m'être

fourvoyé et votre analyse, qui est aussi la mienne, ne m'arrangeait pas. L'attitude de Lutz m'intéressait. Peret, plus rien d'important devant lui.

— Mais, patron...

— Rien.

Le secrétaire général consulta sa montre : 3 heures du matin.

Il était épuisé. Son cœur, depuis quelques années, ne lui permettait théoriquement plus des réunions si tardives.

Mais « tenir » un parti de 500 000 membres et de plusieurs millions d'électeurs impose presque obligatoirement de tels écarts.

Le secrétaire général fixa les larges épaules du chauffeur-garde du corps dont le père, ami d'enfance du secrétaire général, avait été fusillé au mont Valérien.

« Et lui ? pensait-il. Sa femme qui ne l'attend même plus. Les enfants qu'on croise. La vie vue vite derrière les vitres d'une voiture blindée. »

L'allitération lui plut et il se la répéta : la vie vue vite.

Il songea aux campagnes d'extrême droite qui reprenaient à propos du S.T.O. Ecœuré, il chassa cette idée et contempla le paysage.

La banlieue. Le cœur rouge du pays. Et ce coin particulier : les petits pavillons sinistres, les toits noirs que la lune chromait sur leur crête, les rares lampadaires et sa voiture sombre qui filait dans la semi-obscurité.

Il se redressa légèrement pour détendre ses

vertèbres dorsales puis, s'adressant au chauffeur :

— Demain, ce sera pareil. Prenez la soirée, je vous ferai remplacer.

Le chauffeur secoua négativement la tête.

— Camarade secrétaire général, je suis de service toute la semaine. Je pense...

— Allez-y !

— Je pense, camarade secrétaire général, que ces derniers jours, vous auriez dû conserver Joseph. Il a été formé « là-bas » et c'est le minimum imposé par le service de sécurité intérieur.

Le secrétaire général sourit.

— Vous me demandez une autocritique ?

Le chauffeur sourit également mais c'est d'un ton sérieux qu'il poursuivit :

— Camarade secrétaire général, à mon niveau, on voit aussi des choses. Toute la racaille factieuse relève la tête. Ils n'ont jamais accepté notre victoire aux élections anticipées, ils ne l'accepteront jamais. Dans les bistrots, le métro, les grandes surfaces : ils parlent plus haut que jamais.

La voix qui lui parvint du siège arrière avait des inflexions rassurantes :

— Ils ne feront rien parce qu'ils ne peuvent rien faire. Quant à Joseph, il est mieux chez lui.

Si l'on excepte Scatti, Spiero et un autre chauffeur qui attendaient dans les véhicules, ils étaient cinq, tapis à l'arrière d'un camion bâché : Lutz, Latueva, un moniteur du centre de tir, un inspecteur révoqué et un commissaire principal nommé Erlanger.

Le moniteur de tir, un homme de vingt-huit ans, tenait ferment un F.R.F. I, arme d'élite à chargeur de dix. Fusil manuel à culasse verrouillée et canon flottant, il est généralement considéré comme un des meilleurs, sinon le meilleur du monde.

Le moniteur était allongé sur le plateau du camion, dissimulé par une bâche en lambeaux soigneusement découpée de sorte qu'on ne puisse rien soupçonner de l'extérieur.

Jambes écartées, indifférent au fait que l'extrémité de ses rangers touchait un des deux cadavres — un policier en faction et un permanent du Parti — jetés au fond du camion.

L'homme considérait fixement sa lunette de visée. Négligeant le starton et autres intensificateurs de brillance capables d'amplifier cinquante mille fois la clarté des étoiles par le truchement d'un tube cathodique reproduisant l'image de visée à l'aide d'un balayage sur écran, il avait pris en compte la lumière crue de l'éclairage public et opté pour l'équipement standard : une lunette à grossissement de six avec réticule de visée.

Il s'apprêtait à contrôler pour la cinquantième fois la hausse micrométrique lorsque la voix étouffée d'Erlanger lui parvint :

— C'est lui !

— Merde, où sont-ils ?

Déjà, le chauffeur avait embrayé, pied sur l'accélérateur.

— Qui ? demanda le secrétaire général d'une voix ensommeillée.

— Mais... notre gars ! Et le poulet ! On redémarre ?

Le secrétaire général jeta un coup d'œil à son pavillon et n'y vit rien de suspect.

Se penchant en avant, il scruta la rue, les rares véhicules à l'arrêt, les trottoirs déserts et se décida brusquement :

— Ça va !

— Camarade secrétaire général, laissez-moi sortir le premier.

— Vous y tenez, à votre complot !

Mais le secrétaire général laissa faire.

Le moniteur de tir vit le garde du corps, un 357 à la main, presque à hauteur de hanche.

L'homme faisait totalement écran, masquant les sept dixièmes de la cible.

Il existait une solution.

Elle consistait à inverser les priorités.

C'est exactement ce qu'il fit, le nombre des coups de feu restant rigoureusement le même qu'initialement prévu.

Deux.

# 18

Grindel, que personne n'avait songé à prévenir, s'éveilla comme d'habitude.

Si la nouvelle de l'assassinat du secrétaire général le stupéfia, il reçut le communiqué revendiquant l'attentat avec cette satisfaction un peu amère de ceux qui ont eu raison trop tôt.

Il changea rapidement de station et capta de nouveau la fin du communiqué : « Fidélité de la Police conclut : Il en ira de même pour tous ceux qui, quels qu'ils soient, où qu'ils se trouvent, tenteront d'entraîner le pays vers la délinquance, la déliquescence des mœurs et l'abandon des valeurs qui ont fait la France, tous ceux, enfin, qui rêvent d'instaurer un collectivisme autoritaire. »

— Ben mon vieux ! souffla Grindel.

Il écouta encore quelques instants apprenant qu'en outre le communiqué préenregistré avait été diffusé en priorité sur des ondes de la police.

Il s'habilla rapidement, avala un café au comptoir du rade situé en bas de chez lui et, sa cinquième Craven aux lèvres, fonça vers la Préfecture.

Un quart d'heure plus tard, il attendait devant la porte du directeur.

— Vous aviez raison, Grindel, sur toute la ligne. Votre avancement va être fulgurant.

— Ce n'est plus très important, monsieur le Directeur.

— Ils viennent de publier deux autres communiqués.

— Quoi ?

Le directeur hocha la tête.

— Le cabinet du ministre tente actuellement d'en retarder la diffusion : combat d'arrière-garde.

— Quelle teneur ?

— Une liste de dix-huit noms. Stadler, Zelleim, Bessoni, Luschentini, toute la clique et même les quatre gendarmes pour « haute trahison ».

Il regarda Grindel droit dans les yeux et ajouta :

— Dix-huit plus un.

— Qui ?

— C'est l'autre communiqué. Ça concerne un chanteur très connu retrouvé éventré dans une sanisette. Un communiqué d'origine F.d.P. — autorisez-moi ce raccourci — très laconique était poignardé en pleine poitrine : « Fidélité de la Police communique : Nous entendons confiner les drogués et autres anormaux qui gouvernent le pays à leur véritable place : pissotières, hôpitaux psychiatriques tant qu'ils existent, prisons et cimetières. Qu'on se le dise. »

Grindel, abasourdi, balbutia :

— Mais c'est le Moyen Age !

Sa colère montait, irrépressible.

— Les Ultras de 1815 ! L'Ordre moral ! Vichy !

— Calmez-vous, Grindel.

— Me calmer ? Me calmer alors qu'un pour cent des effectifs, peut-être même moins, déshonore la totalité de la boîte ?

— Nous le pensons tous, Grindel. Nous le vivons douloureusement.

— Douloureusement ? Mais je n'ai pas de douleurs, moi ! Aucune douleur ! J'ai juste envie de dégueuler partout et de leur vider mon pétard dans les couilles !

— Grindel, je vous en prie !

Il hésita et parvint à se dominer.

— Excusez-moi, monsieur le Directeur.

Celui-ci eut un petit geste las et expliqua :

— Le temps presse. Là-haut, au ministère comme au gouvernement, ils sont d'un calme inquiétant. Des têtes vont tomber en pagaille. Grindel, vous comprenez qu'il faut mettre toute la boîte au courant de votre enquête.

Grindel secoua négativement la tête.

— Et F.d.P. par la même occasion ? Non merci monsieur le Directeur. Si on m'y contraint : *hasta luego !*

— Grindel, je vous en prie ! Vous ne pouvez pas garder cette enquête pour vous seul ! En haut lieu, vous avez été très remarqué : on compte sur vous !

Le divisionnaire réfléchit longuement, puis :

— Soit. J'ai pris l'habitude de vous envoyer un rapport quotidien et j'entends continuer. Ces rapports, faites-les lire à qui bon vous semblera. Moi, ça me laisse toujours douze heures d'avance.

Satisfait, le directeur se leva :

— Merci ! Mais si quelque chose... Quelque chose de très important...

— Vous seriez immédiatement prévenu, monsieur le Directeur.

Peret avait suivi Grindel sans un mot.

Ils avaient marché le long des quais, vers le Pont-Neuf, le plus âgé se réjouissant des premiers bourgeons et l'autre s'interrogeant sur les états d'âme de son patron.

Un accrochage avait eu lieu devant eux, opposant une B.M.W. noire conduite par un journaliste vedette de la télé donnant dans le style vieux beau lifté trois fois par jour à une vieille 204 à peu près en ruine occupée par une famille nombreuse.

Peret, très ému, observa avec attention les visages des membres de la famille : des sourires tendus qui se voulaient rassurants et minimisateurs, histoire de tenir la foule à distance. Un pathétique de situation dont il n'aurait su rendre compte : un bloc uni dans l'adversité autour du très jeune conducteur, probablement le fils aîné.

Les choses en seraient restées là si le conducteur de la B.M.W. n'avait commencé à secouer le jeune conducteur de la 204.

— Excusez-moi, patron : ça, je ne supporte pas.

Et, bousculant les badauds, Peret se planta devant le journaliste vedette :

— Papiers !

— Moi ? C'est à moi que vous demandez des papiers ? Et lui, ce clodo, vous...

Peret, cassant, répéta :

— Je suis officier de police. Je vous prie d'obtempérer !

— Sinon ? hurla le type devenu hystérique en perdant son « look » made in U.S.A.

— Rébellion : c'est le panier à salade ! répondit Peret en sifflotant l'indicatif du journal télévisé.

— Rébellion... Moi ?

Très bas, pour que personne n'entende, Peret répondit :

— Les rebelles, je leur fous mon bâton blanc dans le cul.

Le présentateur, pris d'un malaise, s'assit un instant sur l'aile avant de sa B.M.W.

Deux flicards arrivaient à pas lents. Reconnaissant deux patrons — dont un divisionnaire —, ils se hâtèrent.

— On peut quelque chose, patron ?

— Ce type refuse d'obtempérer. En outre, c'est un simulateur. Et puis c'est le bordel, ici. Faites circulez ces badauds. Et commencez par me virer cette vieille 204 pourrie ! Exécution !

Sous les coups de sifflet hystériques et devant les gestes impérieux d'un gros flic rougeaud, le jeune conducteur de la 204 fila sans discuter, sans que personne, et surtout pas le vieux beau devenu un champ de ruines ne songe à relever le numéro de sa plaque d'immatriculation.

Grindel se porta à la hauteur de Peret et, sourire ironique aux lèvres :

— Alors, Ivanhoé, on calte de cette foutue forêt de Sherwood ?

Peret lui rendit son sourire au moment précis où un type commença à les entreprendre avec un grand luxe de détails sur le dernier accident auquel il avait assisté, l'été précédent, dans le département des Deux-Sèvres.

Au bout d'une minute, Grindel l'arrêta d'un ton las :

— Ecoutez, soyez gentil : faites vos exorcismes tout seul. Oui, c'était horrible, du sang partout, de la cervelle : mais le monde entier l'aurait vu que ça ne vous empêcherait pas d'en avoir été témoin.

— Mais je disais ça...

— Oui, pourquoi me dites-vous ça ? En parler, ça vous rassure ? Moi, ça fait trente piges que je trimbale mes pulsions de mort sagement empilées dans un coin de mon cerveau et l'idée ne me viendrait pas d'emmerder les autres avec.

— Mais...

— C'est personnel, ça, vous comprenez ? C'est exactement comme si vous faisiez voir votre gros caca pour que je vous dise : « Oh ! le beau caca ! » Alors soyez heureux : « Oh ! les belles pulsions de mort ! C'est à vous, tout ça ? »

Plié en deux de rire — davantage pour l'euphorie de la complicité que par l'effet comique lui-même —, Peret suggéra :

— Alors, Kafka, on calte de ces foutus faubourgs de Prague ?

Au même instant, Scatti avait coincé Lutz dans la cour. Le ton n'était pas amical :

— Le moniteur de tir s'est plaint ! Qu'est-ce que ça signifie, Lutz ? Qu'est-ce que c'est que ces enfantillages ?

— C'était tellement drôle !

— Drôle ! Ce... Ce papillon ! Coller un papillon publicitaire sur la crosse du F.R.F. I, qui, cinq minutes plus tard, a abattu le secrétaire général : vous déraisonnez !

Lutz, prudemment, tenta de plaider sa cause :

— Mais, monsieur le Principal, ce n'était pas n'importe quel autocollant.

— Comment cela ?

Lutz se fit jovial :

— C'était ce clébard, une invention de leur Parti, avec, écrit dessus : *Souriez Pif*. S'agissant de flinguer le secrétaire général, c'était très à propos. Dérisoire, même. Le genre de détail que l'Histoire retient.

Scatti lui lança un regard sévère.

— Plus d'initiative. Vous êtes puni, Lutz. Vous ne participerez pas à l'opération de ce soir.

Le visage de Lutz se décomposa.

— Si ! Je... Je vous en prie, monsieur le Principal. Je regrette très sincèrement. Dorénavant, je me conformerai strictement aux ordres. L'opération Vent de printemps est une idée à moi. C'est moi qui ai mis tous les détails au point. Ce serait trop dur !

Scatti hésita. Au fond, se priver de Lutz, l'organisateur de Vent de printemps, comportait quelques risques. En outre, le jeune stagiaire était son meilleur élément, un type d'une fidélité totale. Il prit sa décision rapidement :

— Ce sera ma seule mesure de clémence, Lutz. Et je vous déconseille d'essayer de le vérifier.

Ils étaient assis à l'extrémité du Vert-Galant et regardaient passer les péniches.

Peret, pensif, s'exprima avec lenteur :

— C'est le délire. Pour son congrès de demain, le Rassemblement exige des centaines de flics. Pourtant, ils ne semblent pas menacés, non ?

— Les cons gras du Congrès veulent un petit coup de pub. C'est de bonne guerre.

— Tout ça, Patron, ça crée un climat pourri. Je n'ose plus regarder les collègues. Et surtout Lutz.

— Lutz a toujours été dingue. A l'école de Saint-Cyr au Mont-D'Or, il avait cassé la gueule d'un autre stagiaire.

Grindel sourit et ajouta :

— Il faut dire... Lutz mettait des autocollants *Votez Le Pen* un peu partout dans l'école. Et l'autre stagiaire rajoutait systématiquement IS. *Votez Le Penis,* bien entendu, la grosse masse des rieurs s'était retrouvée contre Lutz.

— Pas de conséquences, cette bagarre ?

— Non. Lutz était le seul tireur d'élite de cette promotion. Ceinture noire de karaté, juriste médiocre, intelligence au-dessous de la moyenne de ses camarades : les cadres de l'école en raffolaient. On a étouffé l'affaire et c'est la victime qui est partie.

Un couple d'adolescents s'assit à proximité. Ils mangeaient des oranges.

Grindel murmura :

— Odeur d'orange dans la cour de l'école communale. Odeur de pomme des premières vacances à la campagne. Odeur de gigot du dimanche dans la courette fleurie de Belleville où j'ai grandi. Il faudrait quatre ou cinq autres vies pour disséquer la seule, l'unique, celle-là même que Lutz et les autres ordures fauchent à pleins bras.

— Comment peut-on arrêter ça, patron ?

— Vous croyez réellement que j'ai la réponse ?

Peret suivit des yeux un bateau-mouche, puis :

— J'ai une très mauvaise impression, patron.

— Moi aussi. Si ça peut vous rassurer.

# 19

Il était dix-huit heures lorsque le fourgon Renault de couleur kaki à croix rouge stoppa boulevard Saint-Germain, à une centaine de mètres de la Chambre des députés.

L'opération Vent de printemps, selon les termes du communiqué, commençait.

Le fourgon militaire s'arrêta sur le couloir réservé aux autobus, imité par les deux breaks noirs à antennes qui le suivaient.

Six hommes vêtus de battle-dress, portant cagoule et armés de fusils d'assaut sortirent des voitures et cinq autres de l'ambulance.

Parmi ces cinq hommes, deux portaient battle-dress et cagoule. Les trois autres, menottés, aveuglés par de larges bandes de sparadrap industriel, étaient vêtus de costumes de ville.

Sur le boulevard, la circulation, très dense, s'était totalement arrêtée, des centaines d'yeux s'arrondissant au fur et à mesure que grandissait l'étonnement.

Trois des cagoulards palabrèrent un instant puis l'un d'eux, le plus corpulent, jeta un ordre bref.

Aussitôt, les trois hommes aveuglés furent collés au mur.

A coups de crosse.

A trois mètres de distance, c'est-à-dire à bout portant, les huit cagoulards, parfaitement alignés, abaissèrent le canon de leur arme avec un synchronisme absolu.

Puis, sur une injonction qu'aucun témoin n'entendit, ils firent feu jusqu'à ce que leurs chargeurs soient vides.

Les trois corps mutilés semblèrent un instant collés au mur puis ils s'affaissèrent.

Aussitôt, le chauffeur du fourgon 4×4 fit grimper son engin sur le trottoir afin de laisser le libre passage aux deux breaks.

Trois minutes plus tard, toutes sirènes hurlantes, les huit cagoulards, profitant des couloirs de bus, avaient disparu.

Personne ne les identifia.

Personne ne les revit jamais — du moins, sous cet aspect.

L'opération Vent de printemps était terminée.

Le responsable du parc automobile de la Préfecture leva sur Grindel un regard d'un bleu délavé.

— Je te jure, Eugène : je n'y comprends rien ! Ça fait vingt piges qu'on se connaît, non ?

— Louis, je ne t'accuse pas.

— Je sais. Tiens, elles sont là, toutes les deux.

Ils firent quelques pas et Grindel observa les deux breaks noirs flambant neufs qui avaient servi aux tueurs quelques heures plus tôt.

Le responsable du parc automobile claqua des doigts et un puissant phare mobile illumina les deux véhicules.

— A quel moment, exactement, les as-tu vues pour la dernière fois ? demanda Grindel.

— A seize heures, je suis formel. C'est-à-dire deux heures avant la tuerie.

« Tuerie » songea le divisionnaire. *L'ignoble tuerie du boulevard Saint-Germain,* écrivait un éditorialiste de la majorité.

*Exécution publique de trois députés de la majorité,* écrivait un de ses collègues de l'opposition.

Et on en était à vingt-deux assassinats.

Grindel se reprit :

— Elles étaient opérationnelles, ces foutues bagnoles ?

— Depuis ce matin. Elles sont arrivées d'usine il y a une semaine. Mais... Eugène, je peux te demander ce que dit le labo ?

— Négatif ! Les seules empreintes sont celles de tes gars et on a vérifié leur emploi du temps.

— Vous avez vérifié... Tu te rends compte où on en est arrivé ?

— C'est aux fumiers d'en face qu'il faut dire ça, Louis, pas à nous. Nous, flics ou pas, on fait notre boulot pour arrêter le carnage. Envoie-moi un rapport tout de même, pour la forme.

Il sortit, seul, sans repasser par son bureau.

La nuit, chaude pour un mois d'avril, évoquait l'été, et Grindel, d'un pas nonchalant, remonta le boulevard Saint-Michel.

A mi-hauteur, il pénétra dans une grande brasserie et commanda un demi.

Les mots du communiqué de Fidélité de la

Police lui revenaient, antiparlementaires, antidémocratiques. Des mots d'une autre époque. Des mots de déments.

Il commanda un autre demi, attendit que la mousse retombe et prit sa décision.

Demain.

Il mettrait dans le mille ou se planterait durablement Quant à ses chances de réussite...

Il regarda fixement le Pakistanais accoudé à proximité et lui dit :

— Fifty-fifty.

— Fifty-fifty ! répondit l'autre en riant.

# 20

Dès qu'il pénétra dans le bureau, Lutz ressentit un profond malaise.

Grindel et Peret l'attendaient de part et d'autre, exactement comme s'ils avaient pris leurs dispositions en vue d'un tir croisé.

En outre, leurs mains droites se trouvaient à proximité du holster, sur la hanche.

Grindel fixait durement le stagiaire.

— Tu lèves les mains, Lutz. Fais en sorte que ça se passe bien.

— Patron...

— Plus de patron. On te sacque de la boîte et derrière, c'est les assises. Ça va être dur, Lutz : la vie d'un flic, en taule, c'est l'enfer.

Peret, qui avait contourné le commissaire stagiaire, le soulagea de son pétard en un tour de main.

— Tu peux t'asseoir, Lutz.

Les épaules voûtées, il semblait avoir vieilli de dix ans. Plus grand rapport, en tout cas, avec le jeune et fringant patron parti pour une carrière éblouissante.

Assis sur une chaise, en face de Grindel, il ressemblait à n'importe quel malfrat qui vient de se faire serrer.

— Si ça t'intéresse, Lutz, tu as été balancé. Mais faut dire qu'on se doutait un peu...

— Qui ?

— Les locaux ne sont plus très sûrs, Lutz, tu le sais mieux que personne.

— Qui ? répéta Lutz.

— Désolé, il doit encore cracher quelques noms.

Lutz leva les yeux sur Grindel.

— Il n'a balancé que moi ?

— Quatre jours très pénibles pour qu'il balance ton nom pourri. Mais comme tu le sais, il existe des lois inhérentes au genre : pour les autres, ça devrait aller beaucoup plus vite.

Lutz, l'air mauvais, demanda :

— Vous l'avez torturé, hein, bande de fumiers ?

— T'es irrésistible en défenseur des droits de l'homme. Mais toi-même, quand tu as arraché les couilles de Bessoni à la tenaille : c'était des caresses ?

— Il a dit que c'était moi ?

Grindel, qui s'était avancé par inadvertance, devait répondre. Il se fia à son impression.

— Tout juste.

Pour Lutz, ce fut la fin des doutes. Il se pensa foutu. Oui, lui. Mais pas Fidélité de la Police.

— Tu connais la musique, reprit Grindel. On peut difficilement te promettre des merveilles. N'empêche que si tu t'allonges, on peut te procurer des avantages : une cellule pour toi tout seul, un mot au gardien-chef, un...

Lutz le coupa violemment :

— T'espères que je vais me coucher ? Tu crois que je vais écarter les jambes en attendant que tu me la mettes ?

Le divisionnaire sourit.

— Ton problème, Lutz, c'est que tu te dévoiles trop vite. Tes images, là, tu tiens vraiment à ce qu'on pense que tu es de la pédale ?

— Enculé !

— Tu te calmes ou je commence par te casser les dents, vu ?

— Va te faire foutre ! On va te déquiller !

Hors de lui, il se tourna vers Peret :

— Et toi aussi ! Tu sais, les otaries, dans ta baignoire : c'était nous ! Dès que tu l'as dit j'ai su qu'on te flinguerait !

Il avait l'air d'un fou. Visant Peret avec deux doigts, il hurla :

— Pan ! Pan ! Feu, les otaries !

Grindel, inquiet, approchait sa main de l'interphone lorsque Lutz, dans un crescendo, hurla :

— On va vous baiser ! Tous !

Grindel ne comprit pas à temps et, quand bien même, il était trop éloigné.

Peret, par contre, saisit immédiatement. En outre, il se trouvait parfaitement placé pour intervenir.

En quelques secondes, le 357 bien en main, il se mit sur le passage de Lutz qui, d'un bond fantastique, lui envoya son pied en plein visage.

Puis, sans même ralentir, il traversa la fenêtre, emportant avec lui fragments de bois et verre brisé.

Pour retomber quatre étages plus bas.

# 21

Trois jours s'étaient lentement étirés. Trois jours d'effervescence, de rapports, de rumeurs contradictoires et de demi-vérités confuses.

La version de Grindel et de Peret n'avait pas été mise en doute. Mort, Lutz devenait le bouc émissaire parfait. Et chacun de dénoncer son fanatisme, ses sympathies d'extrême droite, les mauvais traitements infligés aux suspects, ses propos racistes en plein réfectoire. Tout un tas de « braves gens », comme c'est l'usage, se réveillaient après la bataille pour charger le cadavre au point que Grindel, peu suspect de sympathie envers Lutz, en était absolument écœuré.

Fidélité de la Police pansait ses plaies en silence. Aucune manifestation, aucun communiqué vengeur. La perte de Lutz était encaissée à la manière des joueurs de poker : sans réaction apparente.

Les trois députés fusillés publiquement boulevard Saint-Germain avaient été enterrés le matin même devant une foule considérable. A la fin de la cérémonie, des manifestants avaient attaqué les forces de l'ordre. Des éléments isolés de Fidélité de la Police, jouant la provocation, avaient ouvert le feu. Bilan : deux nouvelles victimes.

C'est dans ce contexte délicat que Grindel devait agir.

Peret attendait son patron avec impatience. Une odeur de mastic frais flottait dans la pièce et rappelait — avec les ecchymoses que le commissaire portait sur le visage — les circonstances de la mort de Lutz.

Grindel entra dans la pièce d'un pas rapide.

— Alors, patron ? questionna Peret.

— A peu près rien. Lutz a été enterré comme un chien. Pas un collègue. Pas d'amis. Juste sa petite sœur et ses parents, plus âgés que je ne l'aurais cru.

— C'est tout ?

— Non. Dix couronnes de roses rouges presque noires portées par dix fleuristes différents. Tous payés en liquide, évidemment. Et tous avec des signalements différents : sans doute les clients étaient-ils des flicards de base recrutés parmi les sympathisants.

— Pas de message ? questionna Peret : je veux dire, il n'y avait pas de messages sur les couronnes de roses noires ?

Grindel ôta lentement son feutre et répondit :

— Si. Lettres d'argent sur fond de velours noir : *Fidélité de la Police.* C'est tout.

— C'est... Ça devait être assez impressionnant.

— Assez, oui. Ces enfants de putain ont le goût du décorum.

Grindel chassa ces pensées et reprit :

— Bon. Le cimetière est quadrillé jour et nuit par des équipes en qui j'ai une certaine confiance puisqu'il s'agit de délégués syndicaux.

— Hein ? Patron : ça, c'est la cassure immédiate dans la boîte !

— Vous voyez un autre moyen ?

Peret réfléchit intensément pendant une minute puis, presque à voix basse :

— Non.

— Bien. Autre chose : vu l'importance de l'enjeu, j'ai mis les fleuristes sur les photos des collègues.

— Tout... Tout le monde ?

— Du gardien de base aux contrôleurs généraux. Il y a très peu de chance que ça donne quelque chose mais vu que j'ai bousillé l'affaire en gâchant le seul maillon, je n'ai pas le choix.

— Patron, ça ne sert à rien de dire ça. Lutz n'était pas si dingue qu'il en avait l'air. Ou, si vous préférez, il arrivait à faire la part de sa folie pour raisonner froidement. J'ai passé toute la nuit à y réfléchir.

— Oui ?

— Pourquoi s'est-il balancé par la fenêtre alors qu'un fanatique de son espèce ne devait pas douter un seul instant de la victoire finale de F.d.P. ?

Grindel, intéressé, alluma une Craven et répondit :

— J'écoute.

— Ça se tient, non, ce point précis ?

— Ouais, ça pose problème.

Peret hocha la tête.

— C'est ce point-là qui a donné le départ à ma gamberge et je suis arrivé à une quasi-certitude : croyant que nous allions le torturer au nom de la raison d'Etat, ce qu'il aurait fait sans hésiter à notre place, il a eu peur de parler et s'est balancé par la fenêtre.

— Admettons. Et alors ?

Peret hésita à poursuivre. Le divisionnaire ne semblait pas encourageant. C'est cependant d'une voix ferme qu'il expliqua :

— J'en conclus que ce qu'il avait à cacher devait être très important.

Il marqua une courte pause et reprit :

— Un tel objectif, pour le secret duquel un homme se suicide, doit être identifiable.

— On va boire un pot, Peret. Et c'est vous qui rincez. Au fait, vous êtes principal. L'arrêté de nomination est paru ce matin au *Journal officiel.*

# 22

Il s'appelait Edouard Ginzbaum et venait d'avoir trente ans.

Officier de paix depuis trois ans et demi, son attachement à la démocratie n'était pas douteux comme ne pouvait être mise en question sa haine du fascisme.

Il avait été formé par l'inspecteur divisionnaire Latueva, homme brutal, autoritaire et cassant qui passait les trois quarts de son temps à insulter les magistrats et ce qu'il appelait leur « laxisme de merde ».

Ginzbaum et Latueva s'étaient revus par hasard, peu après les exécutions de Luschentini et consorts.

Chose étrange, Latueva n'avait approuvé que du bout des lèvres ce qui lui ressemblait à peu près autant qu'à Scatti de fréquenter les sex-shops. Sa méfiance aussitôt éveillée, Ginzbaum avait opté pour une attitude faite de détermination dans l'approbation et d'étonnement navré quant aux réticences de Latueva. Il avait même, il s'en souvenait parfaitement, employé des phrases assez dures : « Je suis déçu ! Ces types ont fait notre boulot ! Pour ma part, je ne ferai pas de zèle pour les retrouver. »

D'une extrême méfiance, Latueva avait infléchi sa position au fil des jours pour en arriver à casser le morceau : il voulait un volontaire de plus pour passer un communiqué de Fidélité de la Police — tâche dont Ginzbaum s'était parfaitement acquitté.

De même, sans broncher, avait-il accepté de filer un des députés pendant les jours qui précédèrent l'exécution publique.

Il en était là, prenant de petites responsabilités et gagnant la confiance des conjurés, le poste de commandement de Fidélité de la Police lui transmettant félicitations et encouragements.

Il en était là et savait à présent qu'il n'irait jamais au-delà dans ses investigations : le cloisonnement absolument hermétique de l'organisation ne lui réserverait jamais d'autre interlocuteur que l'inspecteur divisionnaire Latueva.

Edouard Ginzbaum déboutonna sa vareuse d'officier et considéra longuement la buée perlant sur son verre de jus d'orange.

Le mess grouillait de collègues en civil ou en uniforme, chacun s'observant avec méfiance.

Il s'accorda une demi-heure pour prendre sa décision.

Grindel revint dans son bureau la mine sombre.

— Aucun de ces foutus fleuristes ne reconnaît qui que ce soit ! D'ailleurs, ils seraient incapables de reconnaître Hindenburg en grand uniforme sortant d'une église au milieu d'un groupe de premières communiantes.

— Un peu de patience, patron ! répondit Peret d'un ton conciliant.

— Ouais, de la patience ! Autant demander à une vache normande d'être nerveuse. Au fait, vous avez progressé dans les hypothèses justifiant le suicide de Lutz ?

— Difficile. On ne sait rien de leurs possibilités opérationnelles. Vu leurs penchants et ce que semblent être leurs moyens, j'ai déjà isolé une soixantaine d'objectifs d'importance nationale.

— Haut les cœurs !

— Heu... Oui.

— Ça promet de beaux jours. Bon, moi, j'ai quelque chose : Lutz n'a pas suivi une formation traditionnelle. Vous savez qu'un commissaire stagiaire doit tourner de commissariat en commissariat et de service en service.

— J'ai connu ça.

— Lutz a très peu tourné. Un peu, au début : une B.T.[1] du 13e district, une B.I[2], une B.S.N[3], brigade de protection des mineurs et brigade des stups. Mais ça ne va pas. Les séjours, très courts, ne correspondent à rien d'existant. Tout se passe comme si l'on désirait simplement voir le nom de ces services figurer au dossier. Tout se passe comme si, depuis toujours, je dis TOUJOURS, on avait prévu d'écourter ces stages.

Peret fit une grimace.

1. Brigade territoriale.
2. Brigade d'intervention formée de deux compagnies comprenant chacune six groupes.
3. Brigade de sécurité de nuit.

— Tout se passe comme si Lutz avait été recruté par F.d.P. AVANT d'entrer à la boîte ?

— Exactement ! Lutz est simplement entré dans la police pour y accomplir une tâche précise. Mais il y a d'autres choses...

— Oui ?

— J'aurais dû avoir ces renseignements en deux heures : il m'a fallu deux jours. J'ai senti des réticences, de la mauvaise volonté. Comme si j'étais « marqué » par l'adversaire. C'est grave, Peret, très grave : ces fumiers sont nombreux.

— Faut sortir leurs dossiers, patron, et les faire venir ici, un par un, dans ce bureau, escortés par deux gardiens !

— Les dossiers sont sortis. Mais qui va les étudier ? Vous et moi ? Nous allons tout nous coltiner parce que des oreilles ennemies nous écoutent ? Ce n'est pas jouable. D'autant que j'ai mieux, bien mieux.

Il cessa de faire les cent pas et prit place à son bureau. Surpris, il vit une lettre posée bien en évidence sur la feutrine verte. Une lettre sans timbre ni cachet.

— Qu'est-ce que c'est que ça ? demanda-t-il.

— Je l'ignore, patron, elle était déjà là lorsque je suis arrivé.

Grindel saisit son coupe-papier et ouvrit l'enveloppe. Il prit rapidement connaissance du texte puis, se levant, la déposa sur le bureau de son adjoint.

Un texte court sur papier à en-tête :

Ministère de l'Intérieur
Direction générale de la Police nationale

Direction centrale de la Police judiciaire
Sous-direction des Affaires criminelles

*Grindel, pose d'urgence tes dates de vacances. Idem ton assistant Peret s'il tient à sa femme et à son gosse.*

FIDÉLITÉ DE LA POLICE-Poste de Commandement.

Livide, Peret leva les yeux sur Grindel :

— Patron, je veux cinq collègues en protection pour ma famille dont un dans l'appartement. Je vais prendre des dispositions pour les éloigner.

— T'inquiète pas, je vais mettre le paquet ! répondit Grindel en décrochant son téléphone. Puis, brusquement : Je crois que je vous ai tutoyé.

— Continuez, patron, ça me fait plaisir.

A peu près rassuré, Peret tenta de reporter son attention sur l'enquête.

— Tout à l'heure, patron, vous parliez d'autres éléments.

— Oui. Tu es sûr que tu ne veux pas rentrer chez toi ?

— Non, patron. Maintenant que j'ai parlé avec ma femme, ça va.

Grindel sourit.

— Tu as repris des bains avec le bébé ?

— Oui, hier soir. Et vous, vous avez aperçu le uhlan sur la colline ?

— Moi, ce foutu uhlan, je le vois tous les soirs avant de m'endormir : son casque à pointe, sa grande cape grise, le sabre au côté, la lance, les bottes boueuses et le cheval noir qui tend l'encolure vers l'herbe tendre. Tout ça sur fond de sapins vert sirop et de ciel violet.

Ils rêvèrent un instant puis Grindel reprit :

— Le protecteur de Lutz, c'est Scatti. Depuis toujours. C'est lui qui l'a fait venir dans son service. Lui encore qui s'est débrouillé pour nous l'envoyer dans cette enquête.

— Scatti ! Je le voyais plutôt en catho intégriste.

— Jusqu'à présent, Scatti n'était que très rigide. Très moral, aussi. Je ne comprends pas réellement ce qui...

Il s'interrompit comme on frappait à la porte.

Le planton, un homme de confiance, salua réglementairement et dit d'une voix forte — ce qui, compte tenu de la période et du contexte d' « indiscrétions » devenues monnaie courante, indisposa Grindel :

— Monsieur le Divisionnaire, un officier de paix vous demande.

Le divisionnaire et Peret échangèrent un regard stupéfait.

— Un officier de paix ? répéta Grindel.

— Oui, patron, Ginzbaum. Il s'appelle Ginzbaum.

— Connais pas ! Et vous, Peret ?

— Je n'ai jamais entendu ce nom-là.

Les mains des deux commissaires se serrèrent presque en même temps sur les crosses de 357 puis Grindel ordonna :

— Faites-le entrer.

# 23

Il refusa de s'asseoir et, visiblement très tendu, débita d'une traite :

— Je m'appelle Edouard Ginzbaum. De ma propre initiative, j'ai réussi à me faire enrôler dans F.d.P. où j'ai accompli deux missions subalternes. Je suis venu vous donner le nom du collègue qui m'a coopté et qui assure la liaison avec le Poste de Commandement de F.d.P.

Quoique abasourdi, Grindel demanda calmement :

— Son nom et sa fonction.

— Inspecteur divisionnaire Ernest Latueva. C'est lui qui a assuré le contact.

En quelques minutes, et tandis que Peret déclenchait le magnétophone, Ginzbaum raconta l'essentiel de ce qu'il savait. C'était peu, concernant Fidélité de la Police. Mais le nom de Latueva, à lui seul, pouvait faire gagner des semaines.

Peret, qui contenait difficilement son excitation, demanda vivement :

— Et sur le fonctionnement interne ?

— Rien, répondit Ginzbaum qui ajouta : Latueva ne m'a jamais rien dit à ce sujet.

— Rien, non plus, sur le « poste de commandement » ?

— Rien de précis. Il ressort de mes conversations avec Latueva qu'il s'agit de l'instance suprême de F.d.P. Son nom l'indique, d'ailleurs. Les décisions venaient de là, les félicitations également. Mais j'ignore tout de la structure elle-même, du nombre de ses membres, de ses mécanismes internes. A mon avis, il existe très peu de « relais » du type Latueva. Eux-mêmes doivent avoir des intermédiaires mais je suppose que plus on descend dans la hiérarchie et plus les responsabilités sont atténuées. Par exemple, Latueva ne m'a jamais demandé de recruter. Il m'a même conseillé de me montrer très réservé, en public, sur les actions de F.d.P. La consigne était très claire : pas de prosélytisme.

Peret, songeur, questionna :

— Existait-il un discours sur... Qu'arrivait-il, par exemple, en cas de désobéissance ? Quel était le but final ? Que pouviez-vous espérer, j'entends : individuellement ?

Toujours très raide dans son uniforme d'officier, Ginzbaum répondit d'une voix morne :

— La désobéissance est punie de mort. Le commissaire Sajert, prétendument abattu par un truand, a été exécuté par F.d.P. Il avait fait des allusions transparentes à F.d.P. au *Grizzli,* un restaurant de la rue Saint-Martin. L'inspecteur Leroy avait tenté de recruter des collègues de son service : F.d.P. a organisé son « suicide » au gaz. Le brigadier Carrel ne s'est pas tué par accident, avec toute sa famille, sur l'autoroute A 6. Pas plus que le gardien Ybarnegaray ne s'est électrocuté en réparant une prise de courant. Tous deux avaient commis des indiscrétions. Contrairement à ce que vous imaginez sans doute, ces noms n'étaient absolument pas tenus secrets. Au contraire. On les signalait aux impétrants — du moins l'a-t-on fait pour moi — en les invitant à vérifier cette suite de décès. Rien d'étonnant : le devoir sacré qui passe avant toute chose est la sécurité intérieure.

Ginzbaum s'essuya le front et reprit d'une voix impersonnelle :

— Les participants au complot, mais le mot de Latueva était « croisade », pouvaient espérer une promotion rapide. L'équivalent, m'a-t-il dit, de dix ans de carrière avec les sauts d'échelon que cela suppose. Nous, les vétérans, serions l'épine dorsale du nouvel Etat. Latueva ajoutait qu'en outre nous aurions la satisfaction de vivre dans un pays « propre ».

Grindel ne put s'empêcher de secouer la tête : « croisade », « pays propre » ; les mêmes mots, toujours ! Il questionna :

— A-t-il parlé des effectifs de F.d.P. ?

— Non, pas de manière directe. Et je n'ai pas posé la question, bien entendu. Il m'a dit cependant que, le jour venu, je serais surpris par notre nombre.

— Etes-vous... F.d.P. marche-t-il avec un parti politique ? demanda Peret.

— Surtout pas. Ils en ont une sainte horreur. « Un ramassis de merdeux et de feignants », disait Latueva. J'ai eu le sentiment qu'il existait des liens informels avec des agitateurs mais ce n'est qu'une impression.

— La prise du pouvoir, c'était le but suprême ? demanda Grindel.

— Bien entendu. Mais je sais... Après l'exécution des députés, dans l'euphorie, Latueva a fait une allusion à un objectif...

Il fixa un instant le portrait du président de la République.

— Un attentat ? demanda vivement Grindel.

— Je n'ai pas dit cela. Une impression, rien de plus, à partir de propos très ambigus. Concernant les modalités de la prise du pouvoir, Latueva restait dans le vague. Pour lui, ce sont les désordres eux-mêmes qui devaient attirer une réaction populaire positive. Il s'agissait d'expliquer que la police ne faisait que riposter. En faisant reculer le système parlementaire, nous le discréditions du même coup. C'est l'autre phase dite « d'action populaire » ou de « massification ».

— Action populaire ? répéta Peret.

— Oui, un autre type d'intervention, sur une échelle beaucoup plus vaste mais concernant une composante sociale située sur les marges. En gros, les voleurs, cambrioleurs, jeunes délinquants et délinquants primaires devaient être exécutés sur les lieux mêmes de leurs méfaits. De même, sur le thème de la mairie de Paris *Un Parisien sur quatre est un immigré,* nous devions commencer, dès la fin du mois, à tirer dans le tas. En six mois, d'après Latueva, le taux de criminalité devait chuter de 90 %. C'était se rallier des couches entières de la population, vous savez : l'opposition des concepts de sécurité et de liberté. C'est à cette campagne-là, en tout cas, qu'on me préparait.

Le silence, brusquement, tomba dans la pièce. Hésitant, Grindel constata :

— Vous prenez un risque énorme, Ginzbaum.

— Ces types-là, ou leurs équivalents de jadis, ont déporté les trois quarts de ma famille. Je me fous bien des conséquences. Et puis... J'ai beaucoup de respect pour la vie, voyez-vous.

— Vous vous sentez prêt à répéter cela devant le directeur ?

— Naturellement.

— Je suggère que nous y allions maintenant.

Ginzbaum réfléchit un instant, puis :

— Je ne pense pas. Si on nous voit ensemble dans les couloirs, alors que vous travaillez exclusivement sur F.d.P., on comprendra immédiatement. Et n'importe quel fanatique prendra le risque de me flinguer à bout portant dans le style de Jack Ruby [1]. Je suggère plutôt que nous nous retrouvions chez le directeur dans une vingtaine de minutes. Vous auriez le temps de cueillir Latueva.

— Vous souhaitez une confrontation immédiate ?

Pour la première fois, Ginzbaum ébaucha un sourire.

— Je n'ai pas vocation de martyr, monsieur le Divisionnaire. J'ai la certitude qu'ayant parlé, à défaut d'échapper à l'exécution, celle-ci perdra

1. Jack Ruby, assassin de Lee Harvey Oswald, lui-même assassin présumé de Kennedy. Oswald fut assassiné à l'intérieur des locaux de la police.

son caractère d'urgence. Je mettrai ce répit à profit pour plier bagage.

— Vous...

— J'ai un pays d'accueil. Du moins, je le suppose.

— Soit. Désirez-vous que Peret vous couvre à distance ?

— Absolument pas. Je suis capable de veiller sur ma propre sécurité pendant vingt minutes. Faites simplement en sorte de placer votre adjoint devant la porte du directeur afin qu'il me fasse entrer immédiatement. Il n'est pas question que j'attende dans le couloir à la vue de tous.

— Entendu. On passe prendre Latueva.

## 24

C'était là spectacle inhabituel : Grindel, Peret et trois inspecteurs traversant les couloirs en un groupe compact, 357 à la main et gilets pare-balles bouclés.

Sur leur passage, les murmures se suspendaient puis devenaient brouhaha. Dix, vingt, cinquante fonctionnaires de police les suivaient à distance.

Le groupe armé stoppa silencieusement devant le bureau 422 occupé par Latueva.

Puis, très lentement, Peret prit de l'élan et les choses se précipitèrent : il ouvrit la porte d'un très violent coup de pied, se recula près du chambranle et tint la pièce en joue.

Latueva reposait tranquillement.

Sa tête, inclinée sur le côté, ne semblait pas déformée par la balle entrée dans la tempe droite. Sa main reposait sur un classeur, étreignant encore un petit automatique muni d'un silencieux.

Le divisionnaire s'approcha et trouva le court billet — à défaut d'une longue lettre — qu'il espérait.

Billet aux termes sans équivoque :

*Grindel,*

*Je me suis suicidé mais nous continuons le combat. Parler de la prise du pouvoir, inéluctable, est une clause de style. Tu me rejoindras très vite.*

Latueva.

Effondrés, Grindel et Peret échangèrent un regard. La même impression de défaite. Une enquête se défilant en permanence comme le sable doré des plages filant entre les doigts des petits enfants.

Un inspecteur du groupe de protection, plus intelligent que les autres — il avait saisi l'essentiel —, tenta de réconforter Grindel.

— C'est peut-être un hasard, patron.

Le divisionnaire répliqua sèchement :

— A ce niveau-là, pas de hasard. Les branches égales de la croix gammée sont toujours tournées à droite. Pas à gauche.

— Tandis que ta faucille est rouillée et ton marteau démanché ! dit une voix anonyme.

Paupières plissées, Grindel leva vivement la tête vers la porte du bureau.

Une dizaine de visages l'observaient, impénétrables. Mais la voix pouvait venir du couloir où des dizaines de flics stationnaient.

Le divisionnaire se sentit tiré par la manche et croisa le regard de Peret dont les lèvres formaient deux syllabes.

Ginz-baum.

Ils coururent, ventre à terre, vers le bureau du directeur.

Estomaqué, le directeur protesta :

— Mais Grindel... Cette tenue ? Et Peret avec un détachement armé devant ma porte : je suis menacé ?

— Pas vous, monsieur le Directeur. Nous attendons un témoin.

— Un témoin ?

— Nous avons gagné. Il y a complot, ici, à la boîte. Et ça va loin.

Grindel jeta un coup d'œil à sa montre et ajouta d'un ton inquiet :

— Merde de merde ! Il devrait être là depuis dix minutes !

# 25

Peret, les traits tirés, pénétra dans la pièce sans frapper, sans un mot pour le directeur :

— Patron, Ginzbaum ! Vite !

Grindel regarda Peret, l'inspecteur à l'air embarrassé qui l'accompagnait puis, l'estomac au bord des lèvres, il les suivit en courant.

Tête nue, sa tunique d'officier de paix dégrafée, un pied déchaussé et le pantalon au bas des chevilles, il tournoyait sur lui-même : un quart de tour à droite, un quart de tour à gauche.

La corde de chanvre qui serrait le cou de Ginzbaum avait été attachée aux tuyaux du plafond.

A l'évidence, on s'était servi de la cuvette des W.-C. pour faire monter l'officier. A moins que le tueur n'y soit monté lui-même avec le corps inanimé.

Le pendu tournoyait toujours très lentement, la langue sortie et les yeux exorbités. De l'urine coulait sur les jambes, détail que Grindel enregistra dans un état second.

Ginzbaum portait une pancarte autour du cou. Les lettres, des majuscules tracées au feutre noir, dansaient toujours devant les yeux de Peret qui, après plusieurs tentatives, parvint enfin à lire le message d'une traite : JE SUIS UN SALE COCHON, UN LÂCHE ET UN COMMUNISTE. J'AI TRAHI MES CAMARADES.

Et, en caractères plus petits, la signature des tueurs : FIDÉLITÉ DE LA POLICE-POSTE DE COMMANDEMENT.

— Dépendez-le ! ordonna Grindel au groupe d'inspecteurs des stups qui avaient découvert le cadavre.

Tandis que ses collègues s'affairaient maladroitement, le plus âgé s'approcha du divisionnaire :

— Patron, ça va comme ça ! Autorisez-nous à descendre le premier fumier qu'on identifiera.

Quoique totalement découragé, Grindel réagit en professionnel :

— Non, surtout pas ! Si vous en coincez un, mettez-le dans le coton et amenez-le-moi.

Le vieil inspecteur hocha la tête :

— Patron, faut que vous sachiez bien une chose : lorsqu'ils ont descendu Zelleim, franchement, ça nous a fait plaisir parce que ça faisait quinze piges qu'on essayait de le sauter. Comme Bessoni. Mais maintenant, les trucs politiques et l'assassinat des collègues, ça va plus. Aux stups, on marche avec vous !

— Merci ! répondit Grindel, sincèrement touché. L'impression — intenable — d'isolement se fragmentait.

Un gros type, fort en gueule, fendit les rangs :-

— Patron, on savait pas comment vous dire ça mais à la criminelle, on en a parlé : on en a marre ! Mon fils s'est fait casser la gueule au lycée, la voisine a traité ma femme de fasciste, mon beau-frère ne vient plus bouffer à la maison... Faut... Faut nettoyer la boîte de ces enculés !

Avant que le divisionnaire ait pu répondre, un flicard se présenta :

— Patron, tout à l'heure, pour la faucille et le marteau, la réflexion qu'on vous a faite...

— Oui ?

— C'est un type de la B.R.I. Je le connais de vue, ce salaud-là.

— Faut le buter, cette tante ! dit une voix.

A présent, des appels au meurtre fusaient dans les couloirs. Le groupe grossissait d'instant en instant. Les rancœurs, les petites humiliations subies à l'extérieur, les amis qui, brusquement, cessaient de vous fréquenter, bref, tous les effets secondaires des actions de Fidélité de la Police — perdue dans ses rêves de grandeur — se retournaient contre elle.

Les masses avaient tranché.

Débordés, stupéfaits, interdits, Grindel et Peret qui s'étaient battus seuls si longtemps, se voyaient acclamés par la moitié des effectifs, l'autre partie conspuant le nom de Fidélité de la Police.

C'était une manifestation spontanée d'une ampleur sans égale. Poussés, portés, les deux commissaires se retrouvèrent dans la cour.

Les délégués syndicaux, comme les chefs de

service, laissaient faire lorsqu'ils ne donnaient pas l'exemple.

Pour la première fois, Grindel entr'aperçut le bout du tunnel.

Peret, lui, songeait avec une angoisse rétroactive : « S'ils avaient caché le corps de Ginzbaum dans une fosse au lieu de le pendre dans les latrines, s'ils n'avaient pas commis cette erreur, peut-être que rien... rien... »

## 26

Le processus se caractérisait par un aspect irréversible.

Les hommes de Fidélité de la Police tombaient les uns après les autres, rappelant la théorie des dominos.

Grindel, dans les deux jours qui suivirent, vit arriver plusieurs fois à son bureau des flics encadrant un de leurs collègues sévèrement tabassé.

Du fretin. Ceux, par exemple, qui avaient passé les communiqués de Fidélité de la Police sur les ondes des patrouilleuses ou des cars Police-Secours. Des actions et des responsabilités très restreintes, certes, mais elles avaient fortement contribué à donner de Fidélité de la Police cette image d'invulnérabilité qui avait fait taire quatre-vingt-quinze pour cent des attentistes.

Honneur rare, Grindel avait été invité à déjeuner par le ministre de l'Intérieur. Mieux : ignorant la hiérarchie, le premier ministre l'avait longuement reçu. Et, avant même qu'il ait conclu son enquête, les honneurs pleuvaient. Par exemple, on envisageait de faire de celui qui avait « sauvé seul, ou presque, par son obstination, la République contre les factieux » le plus jeune contrôleur général de la police tandis que Peret avait la certitude de passer divisionnaire avant de fêter ses quarante ans.

Mais Grindel n'entendait pas succomber à la griserie du succès : blessée, malmenée, forcée à la retraite, attaquée de toutes parts, trahie huit fois par jour, un de ses membres lynché à mort dans un commissariat de banlieue, Fidélité de la Police existait toujours et principalement son noyau dur composé d'ultras et de fanatiques.

Les irréductibles du « poste de commandemant. »

Le soir tombait.

Une lueur d'un rose délicat nimbait les toits de zinc gris clair du quartier Latin.

Peret était seul dans son bureau, attendant le retour du divisionnaire actuellement salle Cuzco où il interrogeait un chauffeur blessé de Fidélité de la Police — l'homme avait fait une « chute » lors de son arrestation.

Nerveusement, Peret n'en pouvait plus. Il se méfiait de lui-même, de ses facultés d'analyse amoindries, de sa fatigue et de ses réflexes émoussés.

Il appelait de tous ses vœux la chute définitive de Fidélité de la Police. Et les vacances qui suivraient.

Quelque part dans le Gers, à Eauze, par

exemple, avec sa femme et ce foutu bébé qu'il adorait.

Il pensait à tout cela lorsqu'on frappa à sa porte.

Il approcha sa main de la crosse du 357 passé, dorénavant, à même la ceinture.

L'inspecteur Nicolas Spiero, mal à l'aise, lui faisait face.

Il présentait son arme par le canon, avec la plus grande prudence, les yeux fixés sur le 357 du commissaire qui le tenait en joue.

Agissant comme s'il tenait de la nitroglycérine, Spiero posa son revolver sur le bureau.

La tension tomba aussitôt.

— Eh bien ? questionna sèchement Peret.

— Je suis membre de Fidélité de la Police.

— Nous le savions.

Spiero lui lança un regard étonné et reprit :

— Ah ? Je viens négocier.

— Il n'y a rien à négocier : vous êtes en état d'arrestation.

— Même pas la totalité des membres du « poste de commandement » de F.d.P. ?

Peret se tut.

Spiero, c'était peu de chose. Sa liberté contre le « poste de commandement », c'était le marché du siècle. Il ne put cependant s'empêcher de conserver un ton cassant — tout ce qui appartenait à Fidélité de la Police lui soulevait le cœur — lorsqu'il répondit :

— Tous ? Vous ?

Spiero dansait d'un pied sur l'autre.

— C'est compliqué. Je demande douze heures pour quitter le pays en échange de quoi je vous mets en rapport avec un des membres du poste de commandement de F.d.P., le seul, d'ailleurs, que je connaisse.

— Hé, un instant ! Votre liberté pour un seul membre du « poste de commandement » ? Vous prétendiez à l'instant être en mesure de les balancer en totalité.

— Non, patron, je...

— Pas de « patron », Spiero. Vous n'êtes déjà plus policier.

L'autre baissa la tête :

— Oui... Oui, bien sûr. Mais vous n'avez pas compris. Le membre du « poste de commandement » marche avec moi. Lui-même exige douze heures. C'est contre ces douze heures qu'il vous remettra la liste complète.

— Complète ?

— Absolument ! La totalité des quinze membres du « poste de commandement », tous nos hommes, tous nos sympathisants, toutes les listes pour la province et les DOM-TOM avec de gros effectifs absolument intacts. Pour vous, c'est l'homme idéal : à F.d.P., il s'occupait des effectifs et du recrutement.

Peret réfléchit. Spiero, il avait fait d'ores et déjà une croix dessus. Sa fuite ne changerait rien, dans aucun sens.

En revanche, donner le champ libre à une des ordures du « poste de commandement » lui coûtait.

Sauf qu'il s'agissait de l'homme clé. Avec ses listes, Fidélité de la Police serait totalement anéantie, balayée en quelques heures. Et tout serait terminé.

— Pourquoi ne pas négocier avec Grindel ?

— Il a été jugé trop rigide. Trop sectaire, aussi. Dites, le temps presse.

Peret regarda le ciel rose.

D'un bureau voisin lui parvenait le son nasillard des informations auxquelles succéda une chanson. Un air qu'il connaissait et qu'il identifia aussitôt : *Did you ever have to make up your mind* par The Lovin' Spoonful.

Voyant Spiero qui ne tenait plus en place, il ne put s'empêcher de le provoquer :

— Ces types-là, The Lovin' Spoonful, pendant l'été 1966 ou 1967, ils avaient fait un malheur avec *Daydream.*

Spiero se fit suppliant :

— Patron, je vous en prie, ne jouez pas au chat et à la souris. Moi, j'ai rien fait de mal... A F.d.P., j'étais un minus.

Mains dans les poches, Peret regarda vers les toits que rosissait le couchant :

— Bien sûr, Spiero. Rien qu'un petit maillon.

— Oui !

— Une petite pièce du puzzle.

— Oui !

— Et vous n'avez fait qu'obéir aux ordres.

— Absolument !

— Vous dites tous ça, Spiero. Tout au long de l'Histoire. Vous dites ça après, lorsque vous avez été battus, écrasés, nettoyés. Vous dites ça dans les tribunaux internationaux, menottes aux mains, suant de peur devant vos juges... Après... Toujours après.

Il s'ébroua et, d'un ton aigre :

— J'accepte tous les termes du marché. Voyons les modalités.

Volubile, Spiero expliqua :

— L'homme du « poste de commandement » vous attend dans une petite maison...

Il tendit un papier où se trouvait inscrite une adresse et reprit :

— A Mantes, dans les faubourgs, vers la zone industrielle.

Peret le regarda droit dans les yeux :

— Je n'aime pas ça !

— Mais... Il n'y a plus rien à craindre ! P.d.F. est à l'agonie ! Paraît qu'ils brûlent tout : papiers, archives, cartes d'opérations. Ils ont déjà détruit les stocks d'armes.

— Pourquoi Mantes ?

Spiero expliqua avec réticence :

— Le ponte que vous allez rencontrer est connu. Tous les flics le connaissent à Paris. Vous aussi, forcément. Il a une maîtresse à Mantes. En outre, un avion l'attend tout près de là.

Peret fit l'imbécile :

— Alors, pourquoi n'est-il pas déjà parti ?

— Attention, ne nous prenez pas pour des cons ! Bien sûr qu'on pourrait déjà être loin mais lorsque je dis « laissez-nous partir », j'entends être clair : jamais aucune poursuite. Pas d'Interpol. Pas de consignes aux services « Action » des différentes ambassades de France dans le monde. Pas de barbouzes. Pas de...

Peret le coupa :

— Ça va, j'avais compris. A quelle heure, ce rencard ?

— Vingt et une heures. Vous devez venir seul, par l'autoroute A13. Le bonze de F.d.P. a encore des fidèles. Vous serez sous surveillance constante. A la moindre alerte, les listes sont détruites. Et comme de toute façon le bonze ne peut rien espérer en cas de capture, vous n'auriez jamais les listes et vous ne reverriez plus une telle occasion.

— Vous non plus je ne vous reverrai jamais, Spiero. Si vous remettez les pieds sur le territoire national, vous annulez nos accords.

# 27

A la clarté de la lune et des étoiles, le quartier, sinistre, semblait totalement à l'abandon. Les trois quarts des immeubles étaient détruits, certains depuis très longtemps comme l'attestait la végétation poussant au milieu des ruines et, par exemple, un énorme sureau.

Peret arrêta son véhicule et continua à pied. Il longea une station-service à demi effondrée et suivit l'étroit trottoir.

Bientôt, il dut descendre sur la chaussée pavée où les ornières succédaient aux nids de poules. En effet, une série d'étançons vermoulus interdisaient le trottoir. Dans la nuit, les grosses pièces de bois inclinées qui soutenaient les murs des maisons donnaient une impression d'immédiat après-guerre, et Peret songea à l'aspect que devait présenter Dusseldorf ou Le Havre vers 1945.

Enfin, contrastant avec ce qu'il venait de voir, la maison où il était attendu lui apparut.

Il observa le péristyle, gravit quelques marches et frappa sans hésiter.

Un flic en uniforme lui ouvrit.

« Tiens, songea Peret, police locale. Ils avaient essaimé loin, les fumiers. »

— Votre feu, s'il vous plaît ! dit le flic d'une voix morne.

Peret hésita puis, écartant son blouson de cuir, il se laissa soulager de son 357.

Il perçut aussitôt un froissement de tenture mais, avant même qu'il puisse se retourner, un canon s'enfonça dans ses reins.

— Avance, ordure !

Une porte s'ouvrit devant lui. Une lumière crue, brutale, agressive.

Ils étaient une quinzaine autour de tables disposées en U et recouvertes de velours noir à longues franges d'argent.

Que des pontes. La très haute flicaille. Des types pour cortèges officiels. Des assassins commandant à des milliers d'hommes ignorant la véritable qualité de leurs chefs.

Peret jeta un regard tout de même impressionné à l'aréopage : des directeurs, un contrôleur, deux anciens ministres, des divisionnaires, un ancien préfet de police, deux préfets de police régionaux, un commissaire de la République...

Des uniformes étincelants, chamarrés. Des médailles, des rubans, des décorations, des galons, des feuilles de chêne, de l'or, de l'argent, de l'acier, du bronze.

Le commissaire principal Scatti faisait figure de garçon de courses au milieu de ces hauts gradés.

Ce fut pourtant lui qui parla :

— Attendu que vous êtes directement responsable, entre autres choses, de la mort de Lutz et de Latueva, le poste de commandement vous condamne à mort.

Un préfet de police en grand uniforme, totalement hystérique, se leva. L'index tendu vers Peret en un geste accusateur, il hurla :

— Combien te paye Moscou, ordure ?

Peret ne comprenait plus. Il avait quatorze ans et c'était un conseil de classe. Rien d'autre. Cela s'arrangerait. Papa ferait les gros yeux en voyant le 2 en latin mais, le soir même, ils seraient de nouveau copains.

Le préfet de police régional reprit :

— Paris n'est pas la France ! La province attend, l'arme au pied. Nous allons marcher sur Paris pour nettoyer cette porcherie, nous...

— Suffit ! coupa Scatti.

Le préfet de police se tut aussitôt.

Scatti se leva, hiératique, et continua :

— La sentence est exécutoire sur-le-champ, Peret.

Il saisit un fusil d'assaut posé devant lui sur le velours noir et entreprit de contourner les tables mises bout à bout.

Des larmes coulaient silencieusement sur les joues de Peret. Des visages qui lui déchiraient le cœur défilaient devant ses yeux : ses parents, sa femme, le bébé...

Il ne put étouffer un sanglot en songeant à son petit garçon auquel il avait tant de choses à expliquer, avec qui il espérait partager tant de secrets...

Il sanglota de nouveau, mains devant les yeux.

— Un peu de dignité, Peret !

Le regard brouillé, il vit Scatti. Scatti et son

air réprobateur. Scatti et ses idées sur la religion, la famille, le travail, la patrie, la dignité, le sens du devoir, l'inégalité des races humaines. Scatti persuadé de la justesse et du bien-fondé de ses opinions, comme tous les assassins dogmatiques.

Peret lui cracha au visage et dit d'une voix tendue :

— Ton tour viendra, sale charogne ! Et vous tous ici !

Scatti recula, le fusil d'assaut à la hanche.

Peret songeait au cavalier de Grindel. Il voyait très distinctement le uhlan sur la colline, son long sabre, sa lance, ses bottes maculées de boue, sa cape grise, son casque à pointe et le cheval noir tendant l'encolure vers l'herbe.

Il voyait même, et pour la première fois, un visage sous le casque.

Ce n'était pas exactement un visage. Plutôt un crâne. Un crâne blanchâtre, répugnant, avec des trous béants à la place des yeux et une mâchoire édentée.

C'était la mort.

Bien sûr. Une allégorie : la mort prenant le frais au voisinage d'un village épargné par la guerre.

Mais, se chargeant des rêves de la grand-mère de Grindel, du divisionnaire et de lui-même, c'était aussi la vie. Une ambivalence.

Il entendit une voix très lointaine lui conseillant de recommander son âme à Dieu.

Et puis ces lueurs concentriques, très belles.

Et puis rien.

## 28

L'air chaud semblait faire vibrer les lourds semi-remorques de la Régie et les camions toupies qui filaient sur Flins et Paris.

Grindel s'arrêta un instant devant une très ancienne station-service Texaco à demi en ruine, jeta un regard écœuré à l'herbe jaunie des accotements et avisa le groupe qui l'attendait devant une grande maison à péristyle.

Le légiste serra gravement la main de Grindel.

— Désolé. Une salve. Quelque chose comme un M 16 américain. Cinq balles dans le cœur, très centrées. Mort instantanée.

Retenant son émotion, Grindel fixa longuement le corps étendu. On lui avait retiré chaussure et chaussette droite. Attachée au pouce du pied, une étiquette.

— C'est quoi ?

Un commissaire de police local s'approcha.

— Quelques mots : *Commando Lutz/Latueva. Fidélité de la Police-Poste de Commandement*

Monsieur le Divisionnaire, je... J'ai honte, je ne pensais pas que cette racaille existait chez nous !

Grindel esquissa un geste las.

— Laissez tomber : ils venaient probablement de Paris.

Puis, comme on chargeait sans ménagement le corps de Peret sur une civière :

— Bon Dieu ! Mettez-y de la délicatesse ou je vous botte le train.

Et, sans ajouter un mot, il tourna les talons.

Son chauffeur, en attente des ordres, tourna la tête vers lui.

— On rentre ! dit Grindel.

Puis, d'un ton menaçant, il ajouta :

— A nous deux !

Le directeur, plus rondouillard que jamais, écarquilla les yeux.

— Scatti ? Non ! Non, pas Scatti. Il est au dessus de tout soupçon !

— En effet ! répondit sèchement Grindel.

Désorienté, le directeur l'observa :

— Mais... N'est-ce pas, vous voyez...

— Je n'ai pas de soupçons contre Scatti : j'ai des preuves.

— Des preuves ?

— Le ministre attend le dénouement, monsieur le Directeur. Et avec lui, tout le pays. Si cette entrevue, ici, est pénible, elle se passera ailleurs.

— Très bien !

Il appuya sur une touche de son interphone et ordonna :

— Faites venir Scatti, immédiatement. Et changez l'eau des tulipes : ça pue, ici.

Scatti entra flanqué de Spiero et d'un divisionnaire nommé Guérin.

Tous trois étaient armés et tenaient Grindel en joue.

Le directeur ébaucha un sourire entendu et, contournant son bureau, se plaça devant le divisionnaire.

— Fin de vos aventures, Grindel. Vos succès vous sont montés à la tête.

Grindel, avec un sang-froid qui étonna les autres, questionna en souriant :

— J'aimerais assez connaître les circonstances de cette folie subite.

Le ton du directeur restait jovial :

— Vous piétiniez, ce qui est presque vrai jusqu'à ce que vous découvriez Scatti. Comment, au fait ?

— Pas de preuves. Des déductions. Lutz suicidé, Latueva suicidé, et Spiero qu'on a vu entrer chez Peret juste avant qu'il parte pour Mantes. Lutz, Latueva et Spiero : c'est le staff de Scatti au grand complet. Mais j'ignore toujours tout de ma crise de folie.

— Ça ? Je vous l'ai dit : votre insuccès vous a conduit à vouloir conclure rapidement. Vous me visiez lorsque Scatti, Guérin et Spiero sont arrivés.

— O.K. ! Qui m'abat ?

Spiero fit un pas en avant.

Un court silence s'ensuivit puis la voix de Grindel, toujours très assurée :

— Une dernière chose : qui a tué Peret ?

— Moi ! répondit Scatti.

— Très bien. Messieurs, vous êtes en état d'arrestation, tous les quatre. Veuillez jeter vos armes.

Un léger flottement suivit ces paroles avant que Spiero et le directeur éclatent de rire.

Spiero, surtout :

— Tu... tu nous arrêtes ?

La voix de Grindel, sèche, laissa tomber les faits :

— « Changer l'eau des tulipes », cela signifie : que Scatti arrive armé et accompagné. Votre secrétaire s'est allongée, monsieur le Directeur, mais, pour une fois, ce n'était pas sous vous : elle a jugé plus prudent de raconter ce qu'elle savait au patron de l'I.G.S. [1].

Guérin, sans un mot, jeta son arme qui tomba sur la moquette avec un bruit étouffé.

Mais Grindel continuait, imperturbable :

— Que F.d.P. soit au courant de mon enquête à l'époque de Lutz, c'était dans l'ordre des choses. Après son suicide, par contre, ça ne collait plus. Nous n'étions que trois, à dessein, dans la confidence : Peret, vous et moi.

Le directeur, très pâle, ne dit rien.

Grindel s'avança vers le bureau, tâtonna sous un rebord et tira délicatement sur un fil terminé par un micro.

1. Inspection générale des services. Police des polices.

Puis, toujours très sèchement :

— On nous écoute, en ce moment même. Des dizaines d'oreilles.

Il écrasa le micro sous son talon et ajouta :

— On nous voit, aussi.

Il fit un signe en direction des toits. Aussitôt, des tireurs d'élite sortirent de derrière les cheminées, les vasistas, les fenêtres et les faîtes des toitures.

Sans un mot, Spiero mit le cran de sûreté de son arme et la jeta sur la moquette.

Presque aussitôt, Scatti approcha son Webley 455 de sa tempe.

Grindel, qui attendait ce geste, lui bloqua le poignet et lui arracha l'arme en disant :

— Tu permets ? Comment disiez-vous, tout à l'heure ? Scatti a été pris d'une crise de folie et s'est jeté sur Grindel ? Et le coup serait parti dans la bagarre, c'est bien cela ?

— C'est cela ! hurla le directeur.

Alors, avec une haine dont il ne se croyait pas capable, Grindel détendit le bras et appuya le canon à la base de l'œil de Scatti en murmurant :

— Pour Peret, mon petit frangin.

Le bras tendu, très droit, sans la moindre pitié : il fit feu.

# 29

La femme de Peret n'eut pas la force d'entraîner son bébé dans la mort.

Elle se suicida au petit matin, sans laisser un mot.

Grindel démissionna peu après, héros national refusant tous les honneurs.

En revanche, ses hautes relations lui permirent d'adopter le bébé de Peret très rapidement, les difficultés administratives ayant été balayées par les très puissants protecteurs de l'ex-divisionnaire.

Quatre années passèrent et vint un autre mois d'avril rose, bleu et doré.

L'homme un peu vieilli qui tenait un petit garçon par la main s'arrêta devant une tombe où chacun d'eux déposa un bouquet de fleurs printanières.

Une tombe banale quant à l'inscription : *François et Marie Peret.*

Ce qui l'était beaucoup moins, au point d'arrêter les visiteurs, c'était ces motifs sculptés dans la pierre.

Une sorte de colline, n'est-ce pas, et puis une espèce de uhlan à casque à pointe, lance et longue cape dont le cheval tendait l'encolure vers l'herbe.

Et, bien plus étrange encore, les trois otaries qui accompagnaient le cavalier solitaire.

L'homme, bien que ses forces aient décliné, souleva le petit garçon à bout de bras et, tandis que le soleil auréolait le visage du gamin, Grindel, puisque c'était lui, sourit en disant :

— Ça, Benjamin, c'est notre secret.

Paris, juillet 1983.

## DU MÊME AUTEUR

*Romans noirs*

APRÈS LA PLUIE, La Table Ronde, (Folio Policier n° 164)
SOUS LE REGARD DES ÉLÉGANTES, La Table Ronde, (Folio Policier n° 33)
PATTE DE VELOURS, La Table Ronde
TUEURS DE FLICS, La Table Ronde
LA THÉORIE DU 1 %, La Table Ronde
LE SOUFFLE COURT, La Table Ronde
POLICHINELLE MOUILLÉ, La Table Ronde
AU-DESSUS DE L'ARC-EN-CIEL, La Table Ronde
BROUILLARD D'AUTOMNE, La Table Ronde
BLEU DE MÉTHYLÈNE, Gallimard, (Folio n° 2798)
CLAUSE DE STYLE, Gallimard, (Folio n° 2033)
GENTIL, FATY !, Actes Sud
L'ADIEU AUX ANGES, Denoël
LES ENFANTS DE LUNE, Denoël
LE LOUP D'ÉCUME, Albin Michel

*Romans*

LA MANIÈRE DOUCE, La Table Ronde
DES LENDEMAINS ENCHANTEURS, Actes Sud
AU BORD DE LA MER BLANCHE, Gallimard
UNE CHARRETTE PLEINE D'ÉTOILES, Gallimard, (Folio n° 2236)
UN HOMME EN HARMONIE, Gallimard, (Folio n° 2337)
FRIVOLITÉS D'UN SIÈCLE D'OR, Julliard

*Nouvelles*

PERDRE LA PAUSE, La Table Ronde

LA LORETTE HALLUCINÉE, La Table Ronde

ÉGÉRIE LÉGÈRE, La Table Ronde

RETOUR À ZLIN, Les Belles Lettres

CENDRES ET SANG, Éditions du Rocher

LE LOUP PAR LES OREILLES, Éditions du Rocher

UN DIMANCHE ANGLAIS, Éditions du Rocher

*Essai*

CHRONIQUE D'UNE LIQUIDATION POLITIQUE, La Table Ronde

# COLLECTION FOLIO POLICIER

*Dernières parutions*

| | | |
|---|---|---|
| 1. | Maurice G. Dantec | *La sirène rouge* |
| 2. | Thierry Jonquet | *Les orpailleurs* |
| 3. | Tonino Benacquista | *La maldonne des sleepings* |
| 4. | Jean-Patrick Manchette | *La position du tireur couché* |
| 5. | Jean-Bernard Pouy | *RN 86* |
| 6. | Alix de Saint-André | *L'ange et le réservoir de liquide à freins* |
| 7. | Stephen Humphrey Bogart | *Play it again* |
| 8. | William Coughlin | *Vices de forme* |
| 9. | Björn Larsson | *Le Cercle celtique* |
| 10. | John Sandford | *Froid dans le dos* |
| 11. | Marc Behm | *Mortelle randonnée* |
| 12. | Tonino Benacquista | *La commedia des ratés* |
| 13. | Raymond Chandler | *Le grand sommeil* |
| 14. | Jerome Charyn | *Marilyn la Dingue* |
| 15. | Didier Daeninckx | *Meurtres pour mémoire* |
| 16. | David Goodis | *La pêche aux avaros* |
| 17. | Dashiell Hammett | *La clé de verre* |
| 18. | Tony Hillerman | *Le peuple de l'ombre* |
| 19. | Chester Himes | *Imbroglio negro* |
| 20. | Sébastien Japrisot | *L'été meurtrier* |
| 21. | Sébastien Japrisot | *Le passager de la pluie* |
| 22. | Pierre Magnan | *Le commissaire dans la truffière* |
| 23. | Jean-Patrick Manchette | *Le petit bleu de la côte Ouest* |
| 24. | Horace McCoy | *Un linceul n'a pas de poches* |
| 25. | Jean-Bernard Pouy | *L'homme à l'oreille croquée* |
| 26. | Jim Thompson | *1275 âmes* |
| 27. | Don Tracy | *La bête qui sommeille* |
| 28. | Jean Vautrin | *Billy-ze-Kick* |
| 29. | Donald E. Westlake | *L'assassin de papa* |
| 30. | Charles Williams | *Vivement dimanche !* |
| 31. | Stephen Dobyns | *Un chien dans la soupe* |

| | |
|---|---|
| 32. Donald Goines | *Ne mourez jamais seul* |
| 33. Frédéric H. Fajardie | *Sous le regard des élégantes* |
| 34. Didier Daeninckx | *Mort au premier tour* |
| 35. Raymond Chandler | *Fais pas ta rosière !* |
| 36. Harry Crews | *Body* |
| 37. David Goodis | *Sans espoir de retour* |
| 38. Dashiell Hammett | *La moisson rouge* |
| 39. Chester Himes | *Ne nous énervons pas !* |
| 40. William Irish | *L'heure blafarde* |
| 41. Boileau-Narcejac | *Maléfices* |
| 42. Didier Daeninckx | *Le bourreau et son double* |
| 43. Sébastien Japrisot | *La dame dans l'auto avec des lunettes et un fusil* |
| 44. Jean-Patrick Manchette | *Fatale* |
| 45. Georges Simenon | *Le locataire* |
| 46. Georges Simenon | *Les demoiselles de Concarneau* |
| 47. Jean Amila | *Noces de soufre* |
| 48. Walter Kempley | *L'ordinateur des pompes funèbres* |
| 49. Tonino Benacquista | *Trois carrés rouges sur fond noir* |
| 50. Dashiell Hammett | *Le faucon de Malte* |
| 51. Hervé Jaouen | *Connemara Queen* |
| 52. Thierry Jonquet | *Mygale* |
| 53. Auguste Le Breton | *Du rififi chez les hommes* |
| 54. Georges Simenon | *Le suspect* |
| 55. Emmanuel Errer | *Descente en torche* |
| 56. Francisco González Ledesma | *La dame de Cachemire* |
| 57. Raymond Chandler | *Charades pour écroulés* |
| 58. Robin Cook | *Le soleil qui s'éteint* |
| 59. Didier Daeninckx | *Le der des ders* |
| 60. Didier Daeninckx | *La mort n'oublie personne* |
| 61. Georges Simenon | *L'assassin* |
| 62. Howard Fast (E.V. Cunningham) | *Tu peux crever !* |
| 63. Maurice G. Dantec | *Les racines du mal* |
| 64. René Barjavel | *La peau de César* |
| 65. Didier Daeninckx | *Lumière noire* |
| 66. Chester Himes | *La reine des pommes* |

| | | |
|---|---|---|
| 67. | Sébastien Japrisot | *Compartiment tueurs* |
| 68. | James Crumley | *La danse de l'ours* |
| 69. | Marc Villard | *La porte de derrière* |
| 70. | Boileau-Narcejac | *Sueurs froides* |
| 71. | Didier Daeninckx | *Le géant inachevé* |
| 72. | Chester Himes | *Tout pour plaire* |
| 73. | Sébastien Japrisot | *Piège pour Cendrillon* |
| 74. | Pierre Magnan | *Les charbonniers de la mort* |
| 75. | Jean-Patrick Manchette | *L'affaire N'Gustro* |
| 76. | Jean-Bernard Pouy | *La Belle de Fontenay* |
| 77. | A.C. Weisbecker | *Cosmix Banditos* |
| 78. | Raymond Chandler | *La grande fenêtre* |
| 79. | Pierre Magnan | *Les courriers de la mort* |
| 80. | Harry Crews | *La malédiction du gitan* |
| 81. | Michael Guinzburg | *Envoie-moi au ciel, Scotty* |
| 82. | Boileau-Narcejac | *Le bonsaï* |
| 83. | W.R. Burnett | *Quand la ville dort* |
| 84. | Didier Daeninckx | *Un château en Bohême* |
| 85. | Didier Daeninckx | *Le facteur fatal* |
| 86. | Didier Daeninckx | *Métropolice* |
| 87. | Pierre Magnan | *La maison assassinée* |
| 88. | Pierre Magnan | *Le mystère de Séraphin Monge* |
| 89. | Jean-Patrick Manchette | *Morgue pleine* |
| 90. | Georges Simenon | *Les inconnus dans la maison* |
| 91. | Stephen Humphrey Bogart | *Le remake* |
| 92. | Mark McShane | *Les écorchés* |
| 93. | Boileau-Narcejac | *Terminus* |
| 94. | Jerome Charyn | *Les filles de Maria* |
| 95. | Robin Cook | *Il est mort les yeux ouverts* |
| 96. | Georges Simenon | *L'homme qui regardait passer les trains* |
| 97. | Georges Simenon | *Touriste de bananes* |
| 98. | Georges Simenon | *Vérité sur Bébé Donge* |
| 99. | Georges Simenon | *Le cercle des Mahé* |
| 100. | Georges Simenon | *Ceux de la soif* |
| 101. | Georges Simenon | *Coup de vague* |
| 102. | Boileau-Narcejac | *Carte vermeil* |
| 103. | Boileau-Narcejac | *Celle qui n'était plus* |
| 104. | Boileau-Narcejac | *J'ai été un fantôme* |
| 105. | Chester Himes | *L'aveugle au pistolet* |
| 106. | Thierry Jonquet | *La Bête et la Belle* |

| | | |
|---|---|---|
| 107. | Pierre Magnan | *Le secret des Andrônes* |
| 108. | Pierre Magnan | *La folie Forcalquier* |
| 109. | Pierre Magnan | *Le sang des Atrides* |
| 110. | Georges Simenon | *Le bourgmestre de Furnes* |
| 111. | Georges Simenon | *Le voyageur de la Toussaint* |
| 112. | Jean-Patrick Manchette | *Nada* |
| 113. | James Ross | *Une poire pour la soif* |
| 114. | Joseph Bialot | *Le salon du prêt-à-saigner* |
| 115. | William Irish | *J'ai épousé une ombre* |
| 116. | John Le Carré | *L'appel du mort* |
| 117. | Horace McCoy | *On achève bien les chevaux* |
| 118. | Helen Simpson | *Heures fatales* |
| 119. | Thierry Jonquet | *Mémoire en cage* |
| 120. | John Sandford | *Froid aux yeux* |
| 121. | Jean-Patrick Manchette | *Que d'os!* |
| 122. | James M. Cain | *Le facteur sonne toujours deux fois* |
| 123. | Raymond Chandler | *Adieu, ma jolie* |
| 124. | Pascale Fonteneau | *La puissance du désordre* |
| 125. | Sylvie Granotier | *Courier posthume* |
| 126. | Yasmina Khadra | *Morituri* |
| 127. | Jean-Bernard Pouy | *Spinoza encule Hegel* |
| 128. | Patrick Raynal | *Nice 42ᵉ rue* |
| 129. | Jean-Jacques Reboux | *Le massacre des innocents* |
| 130. | Robin Cook | *Les mois d'avril sont meurtriers* |
| 131. | Didier Daeninckx | *Play-back* |
| 132. | John Le Carré | *L'espion qui venait du froid* |
| 133. | Pierre Magnan | *Les secrets de Laviolette* |
| 134. | Georges Simenon | *La Marie du port* |
| 135. | Bernhard Schlink/Walter Popp | *Brouillard sur Mannheim* |
| 136. | Donald Westlake | *Château en esbrouffe* |
| 137. | Hervé Jaouen | *Hôpital souterrain* |
| 138. | Raymond Chandler | *La dame du lac* |
| 139. | David Goodis | *L'allumette facile* |
| 140. | Georges Simenon | *Le testament Donadieu* |
| 141. | Charles Williams | *La mare aux diams* |
| 142. | Boileau-Narcejac | *La main passe* |
| 143. | Robert Littell | *Ombres rouges* |
| 144. | Ray Ring | *Arizona Kiss* |

| | | |
|---|---|---|
| 145. | Gérard Delteil | *Balles de charité* |
| 146. | Robert L. Pike | *Tout le monde au bain* |
| 147. | Rolo Diez | *L'effet tequila* |
| 148. | Yasmina Khadra | *Double blanc* |
| 149. | Jean-Bernard Pouy | *À sec* |
| 150. | Jean-Jacques Reboux | *Poste mortem* |
| 151. | Pascale Fonteneau | *Confidences sur l'escalier* |
| 152. | Patrick Raynal | *La clef de seize* |
| 153. | A.D.G. | *Pour venger pépère* |
| 154. | James Crumley | *Les serpents de la frontière* |
| 155. | Ian Rankin | *Le carnet noir* |
| 156. | Louis C. Thomas | *Une femme de trop* |
| 157. | Robert Littell | *Les enfants d'Abraham* |
| 158. | Georges Simenon | *Faubourg* |
| 159. | Georges Simenon | *Les trois crimes de mes amis* |
| 160. | Georges Simenon | *Le rapport du gendarme* |

*Impression Bussière Camedan Imprimeries*
*à Saint-Amand (Cher),*
*le 1er septembre 2000.*
*Dépôt légal : septembre 2000.*
*Numéro d'imprimeur : 003395/1.*

ISBN 2-07-041396-9./Imprimé en France.
Précédemment publié aux Éditions Denoël.
ISBN 2-207-23341-3.

95209